TRANZLATY

La langue est pour tout le monde

Jezik je za vse

Les Aventures d'Alice au Pays des Merveilles

Aliceine Dogodivščine v Čudežni Deželi

Lewis Carroll

Français / Slovenščina

Alice commençait à être très fatiguée
Alice se je začela zelo utruditi
Elle était assise à côté de sa sœur sur le talus d'herbe
sedela je poleg sestre na travnatem bregu
Mais elle n'avait rien à faire
vendar ni imela ničesar opraviti
Sa sœur lisait un livre
njena sestra je brala knjigo
une ou deux fois, Alice jeta un coup d'œil dans le livre
enkrat ali dvakrat je Alice pokukala v knjigo
Mais le livre ne contenait ni images ni conversations
Toda v knjigi ni bilo slik ali pogovorov
« À quoi sert un livre sans images ? » pensa Alice
»Kakšna korist ima knjiga brez slik?« je pomislila Alice
« Pourquoi un livre n'aurait-il pas de conversations ? »
"Zakaj knjiga ne bi imela pogovorov?"
Mais elle avait d'autres choses à considérer
vendar je morala razmisliti o drugih stvareh
« Faire une chaîne de marguerites serait un plaisir »

"Izdelava verige marjetic bi bila užitek"
« Mais cela vaut-il la peine de se lever et de cueillir les marguerites ?? »
"Toda ali je vredno truda, da vstaneš in pobereš marjetice??"
Ce n'était pas si facile d'y penser
O tem ni bilo tako enostavno razmišljati
parce que la journée la rendait somnolente et stupide
ker se je zaradi dneva počutila zaspano in neumno
Mais soudain, ses pensées s'interrompirent
toda nenadoma so bile njene misli prekinjene
un lapin blanc aux yeux roses courait près d'elle
Beli zajec z rožnatimi očmi je tekel blizu nje

Il n'y avait rien de trop remarquable chez le lapin
Pri zajcu ni bilo nič preveč izjemnega
et Alice ne trouvait pas non plus le lapin remarquable
in tudi Alice se zajcu ni zdel izjemen
elle ne s'étonna pas non plus quand le Lapin parla
niti je ni presenetilo, ko je Zajec spregovoril
« Oh mon Dieu ! Je serai trop tard ! se dit-il
»O dragi! Prepozno bom!« je rekel sam sebi
mais alors le Lapin a fait quelque chose que les lapins n'ont pas fait
potem pa je zajec naredil nekaj, česar zajci niso storili

le Lapin tira une montre de la poche de son gilet
Zajec je iz žepa telovnika vzel uro
Il regarda l'heure puis se hâta
Pogledal je čas in nato pohitel naprej
Alice se leva, stupéfaite
Alice se je začudeno postavila na noge
Elle n'avait jamais vu un lapin avec un gilet auparavant !
še nikoli prej ni videla zajca z telovnikom!
elle n'avait jamais vu non plus de lapin avec une montre !
niti nikoli ni videla zajca z uro!
Alice brûlait d'une nouvelle curiosité
Alice je gorela od nove radovednosti
et elle courut à travers le champ après le Lapin
in tekla je čez polje za Zajcem
Elle était juste à temps pour voir le lapin disparaître
bila je ravno pravočasno, da je videla, kako zajec izgine
Le lapin sauta dans un grand terrier de lapin
zajec je skočil v veliko zajčjo luknjo
Un instant plus tard, Alice s'est mise à courir après le lapin !
V drugem trenutku je Alice šla za zajcem!
Le terrier du lapin continuait tout droit comme un tunnel
Zajčja luknja je šla naravnost kot predor
Et le tunnel a continué à avancer sur une certaine distance
in predor je šel še nekaj časa
Et puis le chemin s'est soudainement incliné
in potem se je pot nenadoma spustila navzdol
Alice n'eut pas un instant pour songer à s'arrêter
Alice ni imela niti trenutka, da bi pomislila, da bi se ustavila
Elle s'est retrouvée à tomber et à tomber
Ugotovila je, da je padala navzdol in dol in navzdol
Il semblait qu'elle était tombée dans un puits très profond
zdelo se je, kot da je padla v zelo globok vodnjak
Ou le puits était très profond, ou bien elle tombait très lentement
Ali je bil vodnjak zelo globok ali pa je padla zelo počasi
parce qu'elle avait tout le temps de tomber
ker je imela dovolj časa za padec

alors qu'elle tombait, elle pouvait regarder tout autour d'elle
ko je padala, se je lahko ozirala okoli sebe
D'abord, elle a essayé de comprendre où elle allait
Najprej je poskušala ugotoviti, kam gre
mais le puits était trop sombre pour voir quoi que ce soit
toda vodnjak je bil pretemen, da bi karkoli videl
Puis elle regarda les côtés du puits
nato je pogledala stranice vodnjaka
Et elle remarqua qu'il y avait des placards tout autour d'elle
in opazila je, da so povsod okoli nje omare
et tout autour du puits il y avait des étagères de livres
in povsod okoli vodnjaka so bile police s knjigami
Çà et là, elle voyait des cartes et des tableaux accrochés à des piquets
Tu in tam je videla zemljevide in slike, obešene na kljukicah
En passant, elle prit un bocal sur l'une des étagères
Ko je šla mimo, je z ene od polic vzela kozarec
Le pot a été étiqueté pour son contenu
kozarec je bil označen zaradi svoje vsebine
« MARMELADE D'ORANGES »
"MARMELADA IZ POMARANČ"
Mais, à sa grande déception, le pot de marmelade était vide
toda na njeno veliko razočaranje je bil kozarec marmelade prazen
Elle ne voulait pas laisser tomber le pot de marmelade vide
ni hotela spustiti praznega kozarca marmelade
et sa chute fut très lente
in njen padec je bil zelo počasen
Elle a donc réussi à mettre le pot de marmelade dans l'un des placards
Tako ji je uspelo dati kozarec marmelade v eno od omaric
Tombée, descendue, tombée !
Dol, dol, dol pade!
La chute prendrait-elle fin ?
Se bo padec kdaj končal?
Il n'y avait rien d'autre à faire
Ničesar drugega ni bilo mogoče storiti

alors Alice commença bientôt à se parler à elle-même
zato se je Alice kmalu začela pogovarjati sama s seboj
« Je vais beaucoup manquer à Dinah ce soir, je pense ! »
"Mislim, da me bo Dinah nocoj zelo pogrešala!"
Dinah était le chat d'Alice
Dinah je bila Alicina mačka
« J'espère qu'ils se souviendront de sa soucoupe de lait à l'heure du thé »
"Upam, da se bodo spomnili njenega krožnika z mlekom v času čaja"
« Dinah, ma chère, je voudrais que tu sois ici avec moi ! »
"Dinah, draga moja, želim si, da bi bila tukaj z mano!"
Alice sentit qu'elle s'assoupissait
Alice je čutila, da zadrema
Et puis soudain, bruit sourd ! bourrade!
In potem nenadoma udarec! Udarec!
Elle tomba sur un tas de bâtons
navzdol je padla na kup palic
et elle atterrit sur un tas de feuilles sèches
in pristala je na kupu suhega listja
et enfin la longue chute dans le trou était terminée
in končno je bil dolg padec v luknjo končan
Alice n'était pas du tout blessée
Alice ni bila niti malo poškodovana
Et elle se leva d'un bond au bout d'un instant
in v trenutku je skočila
Elle leva les yeux, mais il faisait noir au-dessus de sa tête
Pogledala je navzgor, vendar je bilo nad glavo vse temno
Devant elle se trouvait un autre long couloir
Pred njo je bil še en dolg hodnik
et le Lapin Blanc était toujours en vue
in Beli zajec je bil še vedno na vidiku
Il se hâtait dans le couloir
hitel je po hodniku
Il n'y avait pas un instant à perdre
Ni bilo trenutka, ki bi ga bilo treba izgubiti
Alice s'enfuit comme le vent

Alice je tekla kot veter

Au coin de la rue, le lapin s'est retourné

Za vogalom se je obrnil zajec

Elle était juste à temps pour entendre le lapin

bila je ravno pravočasno, da sliši zajca

« "Oh, mes oreilles et mes moustaches »

"Oh, moja ušesa in brki"

« Comme il est tard ! »

"Kako pozno je!"

Elle était tout près derrière le lapin

Bila je tik za zajcem

Elle tourna au détour d'un autre coin

Obrnila se je za drug vogal

mais le Lapin n'était plus visible

toda zajca ni bilo več mogoče videti

Elle se retrouva dans une longue salle basse

Znašla se je v dolgi, nizki dvorani

La salle était éclairée par une rangée de plafonniers

Dvorana je bila osvetljena z vrsto stropnih svetilk

Il y avait des portes tout autour de la salle

Vrata so bila povsod po hodniku

mais toutes les portes étaient fermées à clé

Toda vsa vrata so bila zaklenjena

Elle marcha tout le long d'un côté de la salle

Sprehodila se je po eni strani hodnika

et elle avait fait tout le chemin de l'autre côté de la salle

in hodila je vso pot navzgor na drugo stran hodnika

Elle avait essayé toutes les portes

poskusila je vsa vrata

et elle marchait tristement au milieu de la salle

in žalostno je hodila po sredini hodnika

« Comment vais-je jamais en sortir ? »

"Kako bom še kdaj prišel ven?"

Tout à coup, elle tomba sur une petite table
Nenadoma je prišla na majhno mizico
La table était entièrement en verre massif
miza je bila v celoti izdelana iz masivnega stekla
Il n'y avait rien sur la table à part une petite clé dorée
Na mizi ni bilo ničesar drugega kot majhen zlati ključ
La clé pourrait appartenir à l'une des portes !
Ključ bi lahko pripadal enim od vrat!
Mais, hélas ! Certaines serrures étaient trop grandes pour les clés
ampak, žal! Nekatere ključavnice so bile prevelike za ključe
et pour les autres serrures, la clé était trop petite
za druge ključavnice pa je bil ključ premajhen
mais, en tout cas, la clef n'ouvrit aucune des portes
toda v vsakem primeru ključ ni odprl nobenih vrat
Mais que devait-elle faire ?
Toda kaj naj stori?
Elle traversa de nouveau le couloir
Spet je šla skozi hodnik
et cette fois, elle remarqua un rideau bas
in tokrat je opazila nizko zaveso
Derrière le rideau se trouvait une petite porte
za zaveso so bila majhna vrata

La porte avait une quinzaine de pouces de haut
vrata so bila visoka približno petnajst centimetrov
Elle essaya la petite clé dorée dans la serrure
Poskusila je z majhnim zlatim ključem v ključavnici
Et à sa grande joie, la clé s'est glissée dans la serrure !
in na njeno veliko veselje se je ključ prilegal ključavnici!
Alice ouvrit la porte
Alice je odprla vrata
et elle trouva la porte qui donnait sur un petit couloir
in našla je, da vrata vodijo v majhen hodnik
Le couloir n'était pas beaucoup plus grand qu'un trou à rats
hodnik ni bil veliko večji od podgane luknje
Elle s'agenouilla et regarda le long du couloir
Pokleknila je in pogledala po hodniku
et elle a vu le plus beau jardin que vous ayez jamais vu
in videla je najlepši vrt, ki ste ga kdaj videli
comme elle avait envie de sortir de cette salle sombre
kako je hrepenela po temni dvorani
comme elle voulait se promener parmi ces fleurs lumineuses
Kako se je želela sprehajati med temi svetlimi cvetovi
Comme ces fontaines avaient l'air cool et rafraîchissantes
Kako kul osvežujoče so bile te fontane
Mais elle ne pouvait même pas passer la tête par la porte
vendar ni mogla niti glave spraviti skozi vrata
— Oh ! dit Alice d'un ton lugubre
»Oh,« je žalostno rekla Alice
comme je voudrais pouvoir me plier comme un télescope !
"Kako si želim, da bi se lahko zložil kot teleskop!"
« Je pense que je pourrais me plier comme un télescope »
"Mislim, da bi se lahko zložil kot teleskop"
« Si seulement je savais par où commencer »
"če bi le vedel, kako začeti"
Alice retourna à la table
Alice se je vrnila k mizi
Il y avait la chance de trouver une autre clé
Obstajala je možnost, da bi našli drug ključ
Ou il pourrait y avoir un livre de règles

ali pa morda obstaja knjiga pravil
Le livre pourrait lui apprendre à se plier comme un télescope
Knjiga bi ji lahko povedala, kako se zložiti kot teleskop
Cette fois, elle trouva une petite bouteille
Tokrat je našla majhno steklenico
« cette bouteille n'était certainement pas là auparavant, » dit Alice
"Te steklenice zagotovo ni bilo tukaj prej," je dejala Alice
et autour du goulot de la bouteille était attachée une étiquette en papier
okoli vratu steklenice pa je bila privezana papirnata nalepka
L'étiquette était magnifiquement imprimée en grandes lettres
Etiketa je bila lepo natisnjena z velikimi črkami
« BOIS-MOI »
"PIJ ME"
« Non, je vais regarder d'abord », a-t-elle dit
"Ne, najprej bom pogledala," je rekla
« Je vais voir si la bouteille est marquée comme toxique ou non, »
"Videl bom, ali je steklenica označena kot strupena ali ne,"
Parce qu'elle n'a jamais oublié la leçon sur le poison
ker nikoli ni pozabila lekcije o strupu
« Si une bouteille est étiquetée comme toxique, elle est forcément en désaccord avec vous »
"Če je steklenica označena kot strupena, se zagotovo ne bo strinjala z vami"
Cependant, cette bouteille n'a pas été marquée comme toxique
Vendar ta steklenica ni bila označena kot strupena
alors Alice se hasarda à goûter le contenu de la bouteille
zato si je Alice drznila okusiti vsebino steklenice
Elle trouva le liquide tout à fait à son goût
Ugotovila je, da ji je tekočina povsem všeč
La boisson avait une sorte de saveur mélangée
pijača je imela nekakšen mešan okus
tarte aux cerises, crème pâtissière et ananas

češnjeva torta, krema in ananas
Rôtir la dinde, le caramel et le pain grillé au beurre chaud
pečen puran, karamela in toast z vročim maslom
et elle finit bientôt la bouteille
in kmalu je pojedla steklenico
« Quelle curieuse sensation ! » dit Alice
»Kakšen nenavaden občutek!« je rekla Alice
« Je me plie comme un télescope ! »
"Zložim se kot teleskop!"
Et elle se repliait comme un télescope !
In res se je zlagala kot teleskop!
Elle n'avait plus que dix pouces de haut
Zdaj je bila visoka le deset centimetrov
et son visage s'éclaira à ses pensées
in obraz se ji je razsvetlil ob mislih
Maintenant, elle était de la bonne taille pour la petite porte
Zdaj je bila prave velikosti za majhna vrata
Maintenant, elle pouvait aller dans ce joli jardin
Zdaj je lahko šla v ta čudovit vrt
Bientôt, elle a cessé de devenir plus petite
kmalu se je prenehala zmanjševati
Elle décida d'aller tout de suite dans le jardin
Odločila se je, da bo takoj šla na vrt
mais, hélas pour la pauvre Alice !
ampak, žal za ubogo Alice!
Elle arriva à la porte
Prišla je do vrat
Mais elle avait oublié la petite clé d'or
vendar je pozabila majhen zlati ključ
Elle retourna à la table pour prendre la clé
Vrnila se je k mizi po ključ
Mais elle s'aperçut qu'elle ne pouvait pas atteindre assez haut
vendar je ugotovila, da ne more doseči dovolj visoko
Elle pouvait voir la clé très distinctement à travers la vitre
Ključ je lahko jasno videla skozi steklo
Elle essaya de grimper sur les pieds de la table

Poskušala se je povzpeti po nogah mize
Mais le verre était beaucoup trop glissant
Toda steklo je bilo preveč spolzko
Finalement, elle s'est fatiguée à essayer
sčasoma se je utrudila od poskusov
et la pauvre petite fille s'assit et pleura
in uboga deklica se je usedla in jokala
Alice se parlait à elle-même assez vivement
Alice je precej ostro govorila sama s seboj
« Allons, ça ne sert à rien de pleurer comme ça ! »
»Pridi, nima smisla tako jokati!«
« Je vous conseille d'arrêter tout de suite ! »
"Svetujem vam, da se takoj ustavite!"
Elle se donnait généralement de très bons conseils
Na splošno si je dala zelo dober nasvet
bien qu'elle suivît très rarement ses propres conseils
čeprav je zelo redko sledila lastnim nasvetom
Et elle était parfois trop dure envers elle-même
in včasih je bila preveč stroga do sebe
et ses paroles lui firent monter les larmes aux yeux
in njene besede so ji pripeljale solze v oči
Bientôt, son regard tomba sur une petite boîte en verre
Kmalu je njen pogled padel na majhno stekleno škatlo
La petite boîte de verre était posée sous la table
Steklena škatla je ležala pod mizo
Dans la boîte en verre se trouvait un tout petit gâteau
V stekleni škatli je bila zelo majhna torta
Sur le gâteau, quelques mots étaient magnifiquement écrits
Na torti je bilo nekaj besed lepo napisanih
les mots avaient été marqués dans des groseilles
besede so bile označene z ribezom
« MANGE-MOI »
»JEZ ME«
« Eh bien, je vais manger le gâteau », dit Alice
»No, pojedla bom torto,« je rekla Alice
« et si le gâteau me fait grossir, je peux atteindre la clé »
"In če me torta poveča, lahko dosežem ključ"

« et si le gâteau me fait rapetisser, je peux me glisser sous la porte »
"In če me torta zmanjša, se lahko priplazim pod vrata"
« Donc, de toute façon, j'irai dans le jardin »
"Torej bom v vsakem primeru prišel na vrt"
« Et peu m'importe lequel des deux arrive ! »
"In vseeno mi je, kaj se bo zgodilo!"
Elle a mangé un peu du gâteau
Pojedla je malo torte
et elle se parla anxieusement à elle-même :
in zaskrbljeno je govorila sama sebi:
« Dans quel sens ? Dans quel sens ?
"V katero smer? V katero smer?"
et elle posa la main sur sa tête
in držala je roko na glavi
Elle voulait sentir de quelle façon elle grandissait
želela je čutiti, v katero smer raste
Elle fut très surprise de découvrir ce qui s'était passé
Bila je precej presenečena, ko je ugotovila, kaj se je zgodilo
Elle était restée de la même taille !
ostala je enake velikosti!
Cette fois, elle redoubla donc d'efforts
zato je tokrat podvojila svoja prizadevanja
Et bientôt, elle termina tout le gâteau
in kmalu je dokončala celotno torto

La mare de larmes
Bazen solz

« Cela devient de plus en plus intéressant ! » s'écria Alice
"To postaja vse bolj zanimivo!" je vzkliknila Alice
Vous pouvez voir qu'elle était très surprise
Vidite, da je bila zelo presenečena
« Je m'ouvre comme le plus grand télescope qui ait jamais existé ! »
"Odpiram se kot največji teleskop, kar jih je kdaj bilo!"
« Au revoir, les pieds ! Oh, mes pauvres petits pieds"
»Zbogom, noge! Oh, moje uboge noge"
« Je me demande qui va vous mettre vos chaussures maintenant, mes chères ? »
"Zanima me, kdo vam bo zdaj obul čevlje, dragi?"
et je me demande qui mettra vos bas ?
"In zanima me, kdo ti bo oblekel nogavice?"
« Je serai beaucoup trop loin »
"Bil bom veliko predaleč"
« Je ne pourrai plus me soucier de toi »
"Ne bom se več mogel ukvarjati s tabo"
Juste à ce moment, sa tête heurta quelque chose
Ravno v tem trenutku je z glavo udarila v nekaj
Elle avait atteint le toit de la salle
Prišla je do strehe dvorane
En fait, elle mesurait maintenant plus de deux mètres
pravzaprav je bila zdaj visoka več kot dva metra
et elle prit aussitôt la petite clef d'or
in takoj je vzela majhen zlati ključ
et elle se précipita vers la porte du jardin
in pohitela je k vrtnim vratom
Pauvre Alice ! Il n'y avait pas grand-chose qu'elle pouvait faire
Uboga Alice! Ni mogla veliko storiti
Elle s'allongea sur le côté
Ležala je na eni strani
et elle regarda d'un œil dans le jardin
in z enim očesom je pogledala skozi vrt

Mais s'en sortir était plus désespéré que jamais
toda priti skozi je bilo bolj brezupno kot kdaj koli prej
Elle s'est assise et a recommencé à pleurer
Sedla je in spet začela jokati
Elle a continué à verser des litres de larmes
Še naprej je točila litre solz
Bientôt, il y eut une grande flaque tout autour d'elle
kmalu je bil okoli nje velik bazen
et l'eau atteignait la moitié du couloir
in voda je segla do polovice hodnika
Au bout d'un moment, elle entendit un petit claquement de pieds
Čez nekaj časa je zaslišala rahlo potepanje z nogami
Elle entendit les pas venir de loin
slišala je noge, ki so prihajale od daleč
et elle s'essuya vivement les yeux pour voir ce qui allait arriver
in na hitro si je obrisala oči, da bi videla, kaj prihaja
C'était le retour du Lapin Blanc
Vračal se je Beli zajec
Il était magnifiquement vêtu
Bil je čudovito oblečen
Il avait une paire de gants blancs dans une main
V eni roki je imel par belih rokavic
et il avait un grand éventail de plumes dans l'autre main
v drugi roki pa je imel velik pernati ventilator
Il arriva en trottinant en toute hâte
Prišel je v veliki naglici
et il murmura en lui-même : « Oh ! la duchesse, la duchesse !
in zamrmljal je sam sebi: »Oh! vojvodinja, vojvodinja!"
« Ah ! ne serait-elle pas sauvage si je l'ai fait attendre !
»Oh! ali ne bo divja, če sem jo pustil čakati!"

Quand le Lapin s'approcha d'elle, Alice prit la parole
Ko se ji je zajček približal, je Alice spregovorila
Mais elle parlait d'une voix basse et timide
vendar je govorila s tihim, plašnim glasom
« Monsieur, s'il vous plaît, arrêtez ce que vous faites un instant »
"Gospod, prosim, za trenutek prenehajte s tem, kar počnete"
Le Lapin sursauta violemment
Zajec se je silovito prestrašil
Il laissa tomber les gants blancs et l'éventail de plumes
Spustil je bele rokavice in pernato pahljačo
et il s'enfuit dans les ténèbres aussi vite qu'il le put
in odhitel je v temo, kolikor je hitro mogel
Alice ramassa l'éventail en plumes et les gants
Alice je pobrala pernati ventilator in rokavice
Et elle n'arrêtait pas de s'éventer tout en parlant
in še naprej se je navijala, medtem ko je govorila
« Cher, cher ! Comme tout est étrange aujourd'hui !
»Dragi, dragi! Kako čudno je vse danes!"
« Hier, les choses se sont passées comme d'habitude »
"Včeraj so se stvari nadaljevale kot običajno"
« Étais-je le même quand je me suis levé ce matin ? »

"Sem bil enak, ko sem zjutraj vstal?"
« Mais si je ne suis pas le même, il y a une autre question »
"Ampak, če nisem isti, obstaja še eno vprašanje"
« Qui suis-je ? »
"Kdo sem na svetu?"
« Ah, c'est le grand casse-tête ! »
"Ah, to je velika uganka!"
En disant cela, elle baissa les yeux sur ses mains
Ko je to rekla, je pogledala navzdol v svoje roke
Elle portait l'un des petits gants blancs du lapin
nosila je eno od zajčjih majhnih belih rokavic
Elle n'avait pas remarqué qu'elle avait mis le gant en parlant
ni opazila, da si je med pogovorom nadela rokavico
« Comment ai-je pu faire cela ? » a-t-elle pensé
"Kako sem lahko to storila?" je pomislila
« Je dois redevenir petit »
"Spet moram postati majhen"
Elle se leva et s'approcha de la table pour mesurer sa taille
Vstala je in šla k mizi, da bi izmerila svojo višino
Elle a découvert qu'elle mesurait maintenant environ un
demi-mètre
ugotovila je, da je zdaj visoka približno pol metra
et elle rétrécissait encore rapidement
in še vedno se je hitro krčila
Elle découvrit rapidement quelle était la cause de ce
rétrécissement
Kmalu je ugotovila, kaj je vzrok krčenja
L'éventail de plumes la rendait encore plus petite !
Oboževalec perja jo je spet zmanjšal!
et elle laissa tomber l'éventail de plumes à la hâte
In naglo je spustila pernato pahljačo
Elle laissa tomber l'éventail de plumes juste à temps pour se
sauver
Spustila je pernato ventilator ravno pravočasno, da se je rešila
Si elle s'était éventée plus longtemps, elle se serait
complètement retirée
če bi se še naprej napihovala, bi se popolnoma skrčila

« C'était une échappatoire de justesse ! » dit Alice
»To je bil las pobeg!« je rekla Alice
et elle fut bien effrayée de ce changement soudain
in bila je precej prestrašena zaradi nenadne spremembe
mais elle était très heureuse de se trouver encore en existence
vendar je bila zelo vesela, da je še vedno obstajala
« Et maintenant, en route pour le jardin ! »
»In zdaj na vrt!«
Et elle courut à toute vitesse vers la petite porte
In z vso hitrostjo je tekla nazaj do majhnih vrat
Mais, hélas ! La petite porte fut refermée
ampak, žal! majhna vrata so bila spet zaprta
et la petite clé d'or était de nouveau posée sur la table de verre
in mali zlati ključ je spet ležal na stekleni mizi
« Les choses sont pires que jamais », pensa le pauvre enfant
»Stvari so slabše kot kdajkoli prej,« je pomislil ubogi otrok
« Je n'ai jamais été aussi petit que ça auparavant, jamais ! »
"Nikoli prej nisem bil tako majhen, nikoli!"
En prononçant ces mots, son pied glissa
Ko je izgovorila te besede, ji je noga zdrsnila
et un instant plus tard, il y eut une grande éclaboussure !
in v drugem trenutku se je slišal velik pljusk!
Elle était dans l'eau salée jusqu'au menton
Bila je do brade v slani vodi
Sa première idée fut qu'elle était tombée d'une manière ou d'une autre dans la mer
Njena prva ideja je bila, da je nekako padla v morje
Cependant, elle s'est vite rendu compte dans quoi elle se trouvait
Vendar je kmalu spoznala, v čem je
Elle était dans une mare de larmes
Bila je v solzah
les larmes qu'elle avait versées quand elle avait deux mètres de haut
solze, ki jih je jokala, ko je bila visoka dva metra

Juste à ce moment-là, elle entendit quelque chose
Ravno takrat je nekaj zaslišala
Quelque chose barbotait dans la mare
nekaj je pljuskalo v bazenu
Les éclaboussures venaient d'un peu de loin
pljuskanje je prišlo od daleč stran
et elle nagea plus près pour voir ce que c'était que les éclaboussures
in priplavala je bližje, da bi videla, kaj je pljuskanje
Elle vit bientôt que ce n'était qu'une petite souris
Kmalu je videla, da je to le majhna miška
La petite souris s'était également glissée dans l'eau
Tudi miška je zdrsnila v vodo
Alice réfléchit à la situation
Alice je razmišljala o situaciji
« Serait-il utile de parler à cette souris ? »
"Ali bi bilo koristno, če bi se pogovarjali s to mišjo?"
« Tout est tellement à l'envers ici »
"Tukaj je vse na glavo"
« Je pense que c'est très probable que cette souris peut parler »

"Mislim, da zelo verjetno ta miška lahko govori"
« En tout cas, il n'y a pas de mal à essayer »
"V vsakem primeru ni nič slabega, če poskušamo"
Alors elle a commencé à essayer de parler à la souris
Zato se je začela poskušati pogovarjati z miško
« Oh Souris, sais-tu comment sortir de cette mare ? »
"Oh, miška, ali veš pot iz tega bazena?"
« Je suis bien fatigué de nager ici, ô souris ! »
"Zelo sem utrujen od plavanja tukaj, o miš!"
La souris la regarda d'un air assez inquisiteur
Miška jo je precej radovedno pogledala
La souris semblait cligner de l'œil avec l'un de ses petits yeux
Zdelo se je, da je miška pomežikala z enim od svojih majhnih oči
Mais la petite souris ne dit rien
toda mala miška ni rekla ničesar
« Peut-être la souris ne comprend-elle pas l'anglais », pensa Alice
"Morda miška ne razume angleško," je pomislila Alice
« J'ose dis-le que c'est une souris française »
"Upam si reči, da je to francoska miška"
« peut-être que cette souris est venue avec Guillaume le Conquérant »
"morda je ta miška prišla z Viljemom Osvajalcem"
Alors elle a recommencé, en français
Tako je začela znova, v francoščini
« Où est mon chat ? » a-t-elle demandé en français
"Kje je moja mačka?" je vprašala v francoščini
c'était la première phrase de son livre de leçons de français
to je bil prvi stavek v njenem učnem dnevniku francoščine
La souris fit un saut soudain hors de l'eau
Miška je nenadoma skočila iz vode
et la souris semblait frémir de frayeur
in zdelo se je, da je miška drhtala od strahu
— Oh ! je vous demande pardon ! s'écria vivement Alice
»Oh, oprostite!« je naglo vzkliknila Alice

Elle craignait d'avoir blessé les sentiments du pauvre animal
bala se je, da je prizadela čustva uboge živali
« J'oubliais que tu n'aimais pas les chats »
"Povsem sem pozabil, da ne maraš mačk"
« Je n'aime pas les chats ! » cria la Souris d'une voix aiguë et passionnée
»Ne maram mačk!« je vzkliknila Miška z prodornim, strastnim glasom
« Voudrais-tu des chats, si tu étais moi ? »
"Bi si želel mačke, če bi bil na mojem mestu?"
Alice réconforta la souris d'un ton apaisant
Alice je tolažila miško s pomirjujočim tonom
« Eh bien, peut-être que je n'aimerais pas non plus les chats si j'étais vous »
"No, morda tudi jaz ne bi maral mačk, če bi bil na tvojem mestu"
« S'il vous plaît, ne soyez pas en colère à propos de la mention des chats »
"Prosim, ne bodite jezni zaradi omembe mačk"
« Et pourtant, j'aimerais pouvoir te montrer notre chat Dinah »
"In vendar si želim, da bi ti lahko pokazal našo mačko Dinah"
« Si vous la rencontriez, je pense que vous prendriez goût aux chats »
"Če bi jo spoznali, mislim, da bi vam bile všeč mačke"
« Si seulement vous pouviez la voir »
"Ko bi jo le lahko videli"
« Elle est une chose si chère et si calme »
"Ona je tako draga, tiha stvar"
La souris tremblait de partout
Miška se je tresla po vsem telesu
Alice était certaine que la souris devait être vraiment offensée
Alice je bila prepričana, da mora biti miška res užaljena
« On ne parlera plus d'elle, si tu préfères ne pas le faire »
"Ne bova več govorila o njej, če raje ne"
« Nous, en effet ! » s'écria la Souris

»Mi, res!« je vzkliknila Miška

La souris tremblait jusqu'au bout de sa queue

Miška se je tresla do konca repa

« Comme si je voulais parler d'un tel sujet ! »

"Kot da bi govoril o takšni temi!"

« Notre famille a toujours détesté les chats »

"Naša družina je vedno sovražila mačke"

"Les chats ; des choses méchantes, basses, vulgaires !

"Mačke; grde, nizke, vulgarne stvari!"

« Ne me laissez plus entendre le nom ! »

"Ne dovolite, da slišim več imena!"

— Je ne parlerai plus des chats, en effet, dit Alice

»Mačk res ne bom več omenjala!« je rekla Alice

Elle était très pressée de changer de sujet

zelo se ji mudi, da bi spremenila temo

"Êtes-vous... Aimez-vous les chiens ?

"Ali si ... Ali imate radi pse?«

« Il y a un petit chien si gentil près de notre maison, »

"V bližini naše hiše je tako lep mali pes,"

« Je voudrais te montrer le petit chien ! »

"Rad bi vam pokazal malega psa!"

"Ce petit chien tue tous les rats et...

"Ta mali pes ubije vse podgane in ..."

« Oh ! mon Dieu ! » s'écria Alice d'un ton triste

»Oh, dragi!« je vzkliknila Alice žalostno

« J'ai peur de t'avoir encore offensé ! »

"Bojim se, da sem te spet užalil!"

La souris nageait loin d'elle aussi vite qu'elle le pouvait

Miška je plavala stran od nje tako hitro, kot je bilo mogoče

et la souris fit tout un vacarme dans la mare

in miška je v bazenu naredila precej razburjenja

Alors elle appela doucement la souris

Zato je tiho klicala za miško

« Ma chère souris, s'il vous plaît, revenez ! »

"Moja draga miška, prosim, vrni se!"

« Et nous ne parlerons pas des chats »

"In ne bomo govorili o mačkah"

« Et nous n'avons pas non plus besoin de parler des chiens »
"In tudi nam ni treba govoriti o psih"
Quand la souris entendit cela, elle se retourna
Ko je miška to slišala, se je obrnila
et la petite souris nagea lentement vers elle
in mala miška je počasi priplavala nazaj k njej
Le visage de la souris était assez pâle
Mišin obraz je bil precej bled
et la souris parla d'une voix basse et tremblante
in miška je govorila s tihim, drhtečim glasom
« Allons à la rive »
"Pojdimo na obalo"
« et ensuite je vous raconterai mon histoire »
"In potem vam bom povedal svojo zgodovino"
« et vous comprendrez pourquoi c'est moi qui déteste les chats et les chiens »
"in razumeli boste, zakaj sovražim mačke in pse"
Il était grand temps de partir
Skrajni čas je bil za odhod
parce que la piscine devenait assez bondée
ker je bazen postajal precej gneča
D'autres oiseaux et animaux étaient tombés dans la mare
druge ptice in živali so padle v bazen
il y avait un Canard et un Dodo
tam sta bila raca in Dodo
et il y avait un oiseau Lory et un aiglon
in tam je bila ptica Lory in Eaglet
et il y avait plusieurs autres créatures intéressantes
in bilo je še nekaj drugih zanimivih bitij
Alice a ouvert la voie à la sortie de la piscine
Alice je vodila pot ven iz bazena
et toute la troupe des animaux nagea jusqu'au rivage
in celotna skupina živali je priplavala do obale

Une course de caucus et une longue traîne

Tekma in dolg rep

C'était en effet une bande d'animaux à l'allure amusante

Res so bili smešni kup živali

et ils se rassemblèrent tous sur le bord de l'eau

in vsi so se zbrali na bregu vode

Les oiseaux avaient tous des plumes débraillées

vse ptice so imele raztrgano perje

et les animaux à fourrure étaient trempés

in kosmate živali so bile namočene skozi

et tous étaient trempés, agacés et mal à l'aise

in vsi so kapljali mokri, razdraženi in neprijetni

Il y avait une question à laquelle il fallait répondre en premier

Najprej je bilo treba odgovoriti na eno vprašanje

Quelle est la meilleure façon pour tout le monde de se sécher ?

Kakšen je najboljši način, da se vsi posušijo?

Ils ont tenu une consultation à ce sujet

O tej zadevi so se posvetovali

Bientôt, ils furent tous en bons termes

kmalu so bili vsi v znanih odnosih

C'était comme si elle les avait connus toute sa vie
Bilo je, kot da jih je poznala vse življenje
La souris semblait être une personne d'une certaine autorité
Zdelo se je, da je miška oseba z neko avtoriteto
« Asseyez-vous, vous tous, et écoutez-moi ! »
»Sedite vsi in me poslušajte!
« Je vais bientôt vous faire sécher à nouveau ! »
"Kmalu vas bom spet posušil!"
Ils s'assirent tous en même temps, dans un grand cercle
Vsi so se usedli naenkrat, v velik obroč
et la petite souris s'assit au milieu
in mala miška je sedela na sredini
« Hum ! » dit la souris d'un air important
»Ahem!« je rekla miška s pomembnim videzom
« Êtes-vous tous prêts ? »
"Ste vsi pripravljeni?"
« C'est la chose la plus sèche que je connaisse »
"To je najbolj suha stvar, ki jo poznam"
« Silence tout autour, s'il vous plaît ! »
"Tišina povsod, če prosim!"
« Guillaume le Conquérant était favorisé par le pape »
"Viljem Osvajalec je bil naklonjen papežu"
« mais il fut bientôt soumis par les Anglais »
"vendar so se mu kmalu podredili Angleži"
« Ils voulaient des leaders ces derniers temps »
"V zadnjem času so želeli voditelje"
« et ils avaient été habitués au pouvoir et à la conquête »
"in navajeni so bili na moč in osvajanje"
« Edwin et Morcar, les comtes de Mercie et de
Northumbrie »
"Edwin in Morcar, grofa Mercia in Northumbria"
« Pouah ! » dit l'oiseau lori, avec un frisson
»Uh!« je rekla ptica lori in drhtala
« et même Stigand, l'archevêque patriote de Cantorbéry »
"in celo Stigand, domoljubni nadškof Canterburyja"
« Il l'a également trouvé opportun »
"Zdelo se mu je tudi priporočljivo"

« Qu'a-t-il trouvé à propos ? » dit le canard

"Kaj se mu je zdelo priporočljivo?" je vprašala raca

— Il l'a trouvé opportun, répondit la souris d'un ton un peu contrarié

"Zdelo se mu je priporočljivo," je odgovorila miška precej navzkrižno

Mais le canard n'était pas satisfait

Toda raca ni bila zadovoljna

« Bien sûr, vous savez ce que 'it' signifie »

"Seveda, veste, kaj pomeni 'to'"

« Je sais ce que c'est quand je trouve quelque chose », dit le canard

»Vem, kaj je to, ko nekaj najdem,« je rekel raca

« C'est généralement une grenouille ou un ver »

"Na splošno je žaba ali črv"

« La question est de savoir ce que l'archevêque a trouvé ?

"Vprašanje je, kaj je našel nadškof?"

La souris n'a pas remarqué cette question

Miška tega vprašanja ni opazila

Au lieu de cela, la souris continua précipitamment son discours

Namesto tega je miška naglo nadaljevala z govorom

« il a jugé opportun d'aller avec Edgar Atheling »

"Zdelo se mu je priporočljivo, da gre z Edgarjem Athelingom"

« pour rencontrer Guillaume et lui offrir la couronne »

"da se srečam z Williamom in mu ponudim krono"

la souris continua, se tournant vers Alice pendant qu'elle parlait

miška je nadaljevala in se obrnila k Alici, ko je govorila

« Comment allez-vous maintenant, ma chère ? »

"Kako ti gre zdaj, draga moja?"

– Aussi mouillée que jamais, dit Alice d'un ton mélancolique

»Mokra kot vedno,« je rekla Alice z melanholičnim tonom

« Cette histoire n'a pas l'air de me tarir du tout »

"Zdi se, da me ta zgodba sploh ne posuši"

— Dans ce cas, dit solennellement le dodo en se levant

»V tem primeru,« je slovesno rekel dodo in vstal
« Je vote pour l'ajournement de la séance »
"Glasujem, da se seja preloži"
« et je propose l'adoption immédiate de remèdes plus énergiques »
"in predlagam takojšnje sprejetje bolj energičnih zdravil"
« Dis des paroles vraies ! » dit l'aiglon
"Govorite prave besede!" je rekel orel
« Je ne connais pas le sens de la moitié de ces longs mots »
"Ne vem, kaj pomeni polovica teh dolgih besed"
et, qui plus est, je ne crois pas que vous le sachiez non plus !
"In še več, ne verjamem, da tudi vi veste!"
— Ce que j'allais dire, dit le dodo d'un ton offensé
"Kaj sem hotel reči," je rekel dodo z užaljenim tonom
« La meilleure chose à faire pour nous sécher serait une course au caucus »
"Najboljša stvar, ki bi nas posušila, bi bila tekma na kongresu"
« Qu'est-ce qu'une course de caucus ? » demanda Alice
»Kaj je tekmovanje v klubu?« je vprašala Alice

« Eh bien, » dit le dodo, « la meilleure façon de l'expliquer, c'est de le faire »
"No," je rekel dodo, "najboljši način, da to pojasnite, je, da to storite."
« D'abord, le dodo a tracé un parcours »
"Najprej je dodo označil dirkališče"
« La piste était dans une sorte de cercle »
"Skladba je bila v nekakšnem krogu"
« Et puis tout le groupe a été placé le long du parcours »
"In potem je bila vsa zabava postavljena vzdolž proge"
Il n'y avait pas de « Un, deux, trois et c'est parti ! »
Ni bilo "Ena, dva, tri in stran!"
Mais ils ont commencé à courir quand ils voulaient
Toda začeli so teči, ko so želeli
et ils finissaient aussi quand ils le voulaient
in tudi končali, ko so želeli
Il n'était donc pas facile de savoir quand la course était terminée
Zato ni bilo lahko vedeti, kdaj je dirka končana
Après environ une demi-heure de course, ils étaient tous assez secs
po približno pol ure teka so bili vsi precej suhi
le dodo s'écria soudain : « La course est finie ! »
dodo je nenadoma zaklical: "Dirka je končana!"
Et ils se pressèrent tous autour du Dodo
In vsi so se nabrali okoli doda
Tous les animaux haletaient et soufflaient
Vse živali so dihale in napihovale
et tous voulaient savoir : « Mais qui a gagné ? »
in vsi so želeli vedeti: »Toda kdo je zmagal?«
Le dodo ne pouvait pas répondre immédiatement à cette question
Na to vprašanje dodo ni mogel takoj odgovoriti
D'abord, il a dû beaucoup réfléchir
Najprej je moral veliko premisliti
Après mûre réflexion, le dodo finit par parler
Po dolgem razmišljanju je dodo končno spregovoril

« Tout le monde a gagné, et tous doivent avoir des prix »
"Vsi so zmagali in vsi morajo imeti nagrade"
« Mais qui doit donner les prix ? » demanda un chœur de voix
»Toda kdo naj podeli nagrade?« je vprašal zbor glasov
— Eh bien, elle, bien sûr, dit le dodo
»No, seveda,« je rekel dodo
et le dodo pointa d'un doigt vers Alice
in dodo je z enim prstom pokazal na Alice
et toute la troupe des animaux se pressait autour d'elle
in vsa skupina živali se je nabrala okoli nje
ils ont crié, d'une manière confuse : « Des prix ! Des prix !
zmedeno so vzkliknili: »Nagrade! Nagrade!"
Alice n'avait aucune idée de ce qu'elle devait faire
Alice ni imela pojma, kaj storiti
Désespérée, elle mit la main dans sa poche
V obupu je dala roko v žep
Et elle en sortit une boîte de bonbons
in izvlekla je škatlo sladkarij
Heureusement, l'eau salée n'était pas entrée dans la boîte
Na srečo slana voda ni prišla v škatlo
et elle a distribué les bonbons comme prix
in sladkarije je razdelila naokoli kot nagrade
Il y avait exactement une pièce pour tout le monde
Za vsakogar je bil natanko en kos
La prochaine chose qu'ils devaient faire était de manger les bonbons
Naslednja stvar, ki so jo morali storiti, je bila pojesti sladkarije
Cela a causé du bruit et de la confusion
To je povzročilo nekaj hrupa in zmede
Les grands oiseaux se plaignaient de ne pas pouvoir goûter leurs bonbons
Velike ptice so se pritoževale, da ne morejo okusiti svojih sladkarij
Les petits s'étouffaient et devaient être tapotés dans le dos
majhni so se zadušili in jih je bilo treba potrepljati po hrbtu
Cependant, c'était enfin fini

Vendar je bilo končno konec
Et ils se rassirent en cercle
in spet so se usedli v obroč
et ils supplièrent la souris de leur dire quelque chose de plus
in prosili so miško, naj jim pove še kaj več
— Vous m'avez promis de me raconter votre histoire, vous savez, dit Alice
"Obljubila si, da mi boš povedala svojo zgodovino, veš," je rekla Alice
et elle fit une autre petite remarque sur les chats à voix basse
In šepetala je še eno majhno pripombo o mačkah
Elle ne voulait pas offenser à nouveau la souris
Ni želela spet užaliti miške
la petite souris se tourna vers Alice et soupira
miška se je obrnila k Alice in vzdihnila
« Ma conte est long et triste ! »
"Moja zgodba je dolga in žalostna!"
— C'est une longue queue, certainement, dit Alice
»To je dolg rep, zagotovo,« je rekla Alice
et elle baissa les yeux avec étonnement sur la queue de la souris
in z začudenjem je pogledala navzdol na mišji rep
« Mais pourquoi appelez-vous cela une queue triste ? »
"Ampak zakaj temu praviš žalosten rep?"
Et elle n'arrêtait pas de s'interroger à ce sujet pendant que la souris parlait
In še naprej je zmedala o tem, medtem ko je miška govorila
de sorte que son idée de l'histoire était quelque chose comme ceci
tako da je bila njena predstava o zgodbi nekako takšna

                    "Fury said to
                      a mouse, That
                        he met in the
                          house, 'Let
                            us both go
                              to law: *I*
                              will prosecute
                              you.—
                                Come, I'll
                                  take no denial:
                                We must have
                                  the trial;
                                For really
                              this morning
          I've
        nothing
      to do.'
          Said the
            mouse to
              the cur,
                'Such a
                  trial, dear
                    sir, With
                        no jury
                          or judge,
                            would
                            be wasting
                                our
                          breath.'
                    'I'll be
                  judge,
            I'll be
        jury,'
      said
    cunning
      old
          Fury:
            'I'll
              try
                the
                  whole
                    cause,
                    and
                    condemn you to
        death.'"

Fury dit à une souris : Qu'il s'est rencontré dans la maison.
Bes je rekel miški, da se je srečal v hiši."
Allons tous les deux en justice, je vous poursuivrai
Naj se oba obrnemo na sodišče: preganjal vas bom
**Allons, je n'accepterai aucun démenti : il faut que nous
fassions l'épreuve**
Pridite, ne bom zanikal: moramo imeti sojenje
Car vraiment ce matin je n'ai rien à faire
Kajti danes zjutraj nimam ničesar storiti
Dit la souris au maudit ;
Rekla je miška prekletstvu;
**Un tel procès, cher monsieur, sans jury ni juge, nous ferait
perdre notre souffle**
Takšno sojenje, dragi gospod, brez porote ali sodnika bi nam

zapravljalo dih

« Je serai juge, je serai jury », dit le vieux rusé Fury

»Jaz bom sodnik, bil bom porota,« je rekel prebrisani stari
Fury

Je vais juger toute la cause, et je vous condamnerai à mort

Poskusil bom celoten primer in vas obsodil na smrt

la souris parla sévèrement à Alice

miška je resno spregovorila z Alice

« Tu ne fais pas attention ! »

"Ne posvečate pozornosti!"

« À quoi pensez-vous ? »

"O čem razmišljaš?"

— Je vous demande pardon, dit Alice très humblement

»Oprostite,« je zelo ponižno rekla Alice

« Tu étais arrivé au cinquième virage, je crois ? »

"Mislim, da ste prišli do petega ovinka?"

« Vous m'insultez en disant de telles bêtises ! »

"Žališ me s takšnimi neumnostmi!"

Et la souris se leva et s'éloigna

in miška je vstala in odšla

Alice appela la petite souris

Alice je klicala za miško

« S'il vous plaît, revenez et terminez votre histoire ! »

"Prosim, vrnite se in dokončajte svojo zgodbo!"

Et les autres se joignirent tous en chœur

In vsi ostali so se pridružili v zboru

« Oui, s'il vous plaît, terminez votre histoire ! »

"Da, prosim, dokončajte svojo zgodbo!"

Mais la souris se contenta de secouer la tête avec impatience

Toda miška je samo nestrpno zmajala z glavo

et la petite souris marchait un peu plus vite

in mala miška je hodila malo hitreje

« Je voudrais bien avoir Dinah, notre chat, ici ! » dit Alice

"Želim si, da bi imela tukaj Dinah, našo mačko!" je rekla Alice

Cela provoqua une sensation remarquable parmi le parti

To je povzročilo izjemen občutek med stranko

Quelques-uns des oiseaux se hâtèrent de s'éloigner

Nekatere ptice so takoj odhitele
et un canari appela d'une voix tremblante ses enfants ;
in kanarček je drhtečim glasom zaklical k svojim otrokom;
« Allez-vous-en, mes chères ! »
»Pojdite stran, dragi moji!«
« Il est grand temps que vous soyez tous au lit ! »
"Skrajni čas je, da ste vsi v postelji!"
Avec diverses excuses, ils sont tous partis
z različnimi izgovori so vsi odšli
et Alice se retrouva bientôt seule
in Alice je kmalu ostala sama
« J'aurais aimé ne pas avoir mentionné Dinah ! »
"Želim si, da ne bi omenil Dinah!"
« Personne n'a l'air de l'aimer ici »
"Zdi se, da je tukaj spodaj nihče ne mara"
« Mais je suis sûr que c'est la meilleure chatte du monde ! »
"Ampak prepričan sem, da je najboljša mačka na svetu!"
La pauvre Alice se remit à pleurer
Uboga Alice je spet začela jokati
parce qu'elle se sentait très seule et déprimée
ker se je počutila zelo osamljeno in slabo
Au bout de peu de temps, cependant, elle entendit de nouveau quelque chose
Čez nekaj časa pa je spet nekaj zaslišala
un petit bruit de pas au loin
Malo korakov v daljavi
et elle leva les yeux avec impatience
in nestrpno je pogledala navzgor

Le lapin envoie le petit M. Bill
Zajec pošlje malega gospoda Billa

C'était le lapin blanc, qui revenait lentement au trot
To je bil beli zajec, ki je počasi kasal nazaj
Il regardait anxieusement autour de lui en chemin
Zaskrbljeno je gledal naokoli, ko je šel
Il avait l'air d'avoir perdu quelque chose
Izgledal je, kot da je nekaj izgubil
Alice l'entendit marmonner pour lui-même
Alice ga je slišala, kako mrmra sam sebi
— La duchesse ! La Duchesse ! Oh, mes chères pattes !
»Vojvodinja! Vojvodinja! Oh, moje drage tace!"
« Oh, ma fourrure et mes moustaches ! »
"Oh, moje krzno in brki!"
« Elle va me faire exécuter, j'en suis sûr »
"Usmrtila me bo, v to sem prepričana"
« Aussi sûr que les furets sont des furets ! »
»Tako kot so beli dihurji!«
« Où ai-je pu laisser tomber mes affaires, je me demande ? »
"Kje sem lahko spustil svoje stvari, se sprašujem?"

Alice devina en un instant ce qu'il cherchait
Alice je v trenutku uganila, kaj išče
Il cherchait l'éventail de plumes
Iskal je oboževalca perja
et il cherchait la paire de gants blancs
in iskal je par belih rokavic
Elle se mit donc très gentiment à chercher les gants
zato je zelo dobronamerno začela iskati rokavice
Et elle chercha aussi l'éventail de plumes
Iskala je tudi pernato oboževalko
Mais les gants et l'éventail de plumes étaient introuvables
Toda rokavice in pernate ventilatorje ni bilo nikjer videti
Tout semblait avoir changé depuis sa baignade dans la piscine
Zdelo se je, da se je vse spremenilo, odkar je plavala v bazenu
Rien n'était pareil depuis qu'elle était dans la grande salle
Nič ni bilo enako, odkar je bila v veliki dvorani
et la table de verre avait disparu
in steklena miza je izginila
Et la petite porte n'était pas là non plus
in tudi majhnih vrat ni bilo tam
Très vite, le lapin remarqua Alice
Zelo kmalu je zajec opazil Alice
Il l'appela d'un ton furieux
Jezno jo je poklical
« Mary Ann, que fais-tu ici ? »
"Mary Ann, kaj počneš tukaj?"
« Rentre chez toi à l'instant même »
"Teči domov ta trenutek"
« Et apporte-moi une paire de gants et un éventail de plumes ! »
"In prinesi mi par rokavic in pernato pahljačo!"
« Et faites vite ! »
"In bodi hiter pri tem!"
Alice se parlait à elle-même en s'enfuyant
Alice je govorila sama s seboj, ko je pobegnila
— Il a dû me prendre pour sa femme de chambre !

"Verjetno me je zamenjal za svojo gospodinjo!"
« Comme il sera surpris quand il découvrira qui je suis ! »
"Kako presenečen bo, ko bo izvedel, kdo sem!"
En disant cela, elle tomba sur une petite maison soignée
Ko je to rekla, je naletela na lepo hišico
Sur la porte de la maison se trouvait une plaque de laiton brillant
Na vratih hiše je bila svetla medeninasta plošča
« W. LAPIN »
"W. ZAJEC"
Elle entra sans frapper à la porte
Vstopila je, ne da bi potrkala na vrata
et elle se hâta de monter l'escalier
in pohitela je naravnost gor
elle craignait de rencontrer la vraie Mary Ann
skrbelo jo je, da bi lahko spoznala pravo Mary Ann
parce qu'alors elle serait chassée de la maison
ker bi jo potem izgnali iz hiše
et elle ne pourrait pas trouver l'éventail de plumes et les gants
in ne bi mogla najti peresnega ventilatorja in rokavic
Alice s'était frayé un chemin dans une petite pièce bien rangée
Alice je našla pot v urejeno majhno sobo
Dans la pièce, il y avait une table près de la fenêtre
V sobi je bila miza ob oknu
et sur la table, il y avait un éventail de plumes
na mizi pa je bil pernati ventilator
et il y avait deux ou trois paires de petits gants blancs
in tam sta bila dva ali trije pari drobnih belih rokavic
Elle ramassa l'éventail en plumes et une paire de gants
Vzela je pernato oboževalko in par rokavic
et elle allait quitter la pièce
in ravno je nameravala zapustiti sobo
mais alors ses yeux tombèrent sur une petite bouteille
potem pa so njene oči padle na steklenico
Elle déboucha la bouteille et la porta à ses lèvres

Odmašila je steklenico in jo položila na ustnice
« J'espère que cela me fera redevenir grand »
"Upam, da bom spet zrasla"
« J'en ai marre d'être une toute petite chose ! »
"Naveličan sem biti tako majhen majhen!"
Alice avait à peine bu la moitié de la bouteille
Alice je komaj popila polovico steklenice
Sa tête était déjà appuyée contre le plafond
njena glava je že pritiskala na strop
et elle dut se baisser
in morala se je skloniti
pour sauver son cou d'être brisé
da bi rešila vrat pred zlomom
Elle posa précipitamment la bouteille
Naglo je odložila steklenico
« C'est bien assez »
"To je povsem dovolj"
« J'espère que je ne grandirai plus »
"Upam, da ne bom več rasla"
Hélas! Il était trop tard pour souhaiter cela !
Žal! Bilo je prepozno, da bi si to želeli!
Elle n'a cessé de grandir
Še naprej je rasla in rasla
et très vite elle dut s'agenouiller sur le sol
in zelo kmalu je morala poklekniti na tla
Et même alors, elle a continué à grandir
In tudi takrat je še naprej rasla
Comme dernière ressource, elle passa un bras par la fenêtre
Kot zadnji vir je eno roko potisnila skozi okno
et elle mit un pied dans la cheminée
in z eno nogo se je povzpela v dimnik
« Maintenant, je ne peux plus faire, quoi qu'il arrive »
"Zdaj ne morem storiti več, karkoli se bo zgodilo"
« Que vais-je devenir ? »
"Kaj se bo zgodilo z mano?"

Alice a eu un peu de chance
Alice je imela srečo
La petite bouteille magique avait fait son plein effet
Čarobna steklenička je imela poln učinek
et Alice ne grandit pas plus qu'elle n'était
in Alice ni zrasla večja, kot je bila
Au bout de quelques minutes, elle entendit une voix à l'extérieur
Po nekaj minutah je zaslišala glas zunaj
et elle s'arrêta pour écouter la voix
in ustavila se, da bi poslušala glas
« Mary Ann ! Mary Ann ! dit la voix
»Mary Ann! Mary Ann!« je rekel glas
« Apporte-moi mes gants tout de suite ! »
"Ta trenutek mi prinesi rokavice!"
Puis vint un petit claquement de pieds dans l'escalier
Nato je prišlo do majhnega potapljanja nog po stopnicah
Alice savait que c'était le lapin qui venait la chercher
Alice je vedela, da jo je zajec prišel iskat

et elle trembla jusqu'à faire trembler la maison
in tresla se je, dokler ni pretresla hiše
elle oublia tout à fait quelles étaient ses proportions
povsem je pozabila, kakšna so njena razmerja
Elle était mille fois plus grosse que le lapin
bila je tisočkrat večja od zajca
et elle n'avait aucune raison d'avoir peur d'un lapin
in ni imela razloga, da bi se bala zajca
Bientôt le lapin s'approcha de la porte
Kmalu je zajček prišel do vrat
et le petit lapin essaya d'ouvrir la porte
in mali zajček je poskušal odpreti vrata
La porte a commencé à s'ouvrir vers l'intérieur
vrata so se začela odpirati navznoter
mais le coude d'Alice était fortement appuyé contre la porte
toda Alicin komolec je bil močno pritisnjen na vrata
Cette tentative s'est avérée un échec
Ta poskus se je izkazal za neuspešnega
Alice entendit le lapin se parler à lui-même
Alice je slišala, kako se zajec pogovarja sam s seboj
« Ensuite, je vais faire le tour et entrer par la fenêtre »
"Potem bom šel naokoli in vstopil skozi okno"
« Que tu ne le feras pas ! » pensa Alice
"Da ne boš!" je pomislila Alice
Et elle attendit encore un peu
In spet je malo počakala
Bientôt, elle entendit le lapin juste sous la fenêtre
Kmalu je zaslišala zajca tik pod oknom
Elle étendit soudain la main
Nenadoma je raztegnila roko
et elle fit une prise en l'air
in naredila je ugrabitev v zraku
Elle n'a rien attrapé
Ničesar ni dobila
mais elle entendit un petit cri et une chute
vendar je zaslišala majhen krik in padec
et elle entendit un fracas de verre brisé

in zaslišala je trk razbitega stekla
Peut-être le lapin était-il tombé
Morda je zajec padel
Peut-être était-il dans une serre
Mogoče je bil v zelenjaku
Puis vint une voix en colère ; La voix du lapin
Nato je prišel jezen glas; Zajčev glas
« Pat, où es-tu ? »
"Pat, kje si?"
Et puis vint une voix qu'elle n'avait jamais entendue auparavant
In potem se je slišal glas, ki ga še nikoli ni slišala
« Votre honneur, je suis là ! »
"Vaša čast, tukaj sem!"
« Je creuse pour trouver des pommes »
"Kopem jabolka"
« Ici ! Venez m'aider à m'en sortir ! »
»Tukaj! Pridite in mi pomagajte iz tega!«
« Maintenant, dis-moi, Pat, qu'est-ce qu'il y a dans la fenêtre ? »
"Zdaj pa mi povejte, Pat, kaj je to v oknu?"
« Bien sûr, Votre Honneur, je vais vous le dire »
"Seveda, vaša čast, povedal vam bom"
« C'est un bras qui est dans la fenêtre ! »
"To je roka, ki je v oknu!"
« Eh bien, un bras n'a rien à faire là-bas »
"No, roka tam nima kaj dela"
« Va et enlève le bras ! »
"Pojdi in odvzemi roko!"
Il y eut un long silence après cela
Po tem je bila dolga tišina
et Alice n'entendait que des chuchotements de temps en temps
in Alice je tu in tam slišala le šepetanje
et enfin elle étendit de nouveau la main
in končno je spet raztegnila roko
et elle fit une autre arrachée dans les airs

in naredila je še en ugrabitev v zraku
Cette fois, il y eut deux petits cris
Tokrat sta bila dva majhna krika
et il y avait d'autres bruits de verre brisé
in bilo je še več zvokov razbitega stekla
« Je me demande ce qu'ils vont faire ensuite ! » pensa Alice
»Zanima me, kaj bodo naredili naslednje!« je pomislila Alice
« J'aimerais qu'ils me tirent par la fenêtre »
"Želim si, da bi me potegnili skozi okno"
Elle attendit un certain temps
Čakala je nekaj časa
Mais pendant un moment, elle n'entendit plus rien
Toda nekaj časa ni slišala ničesar več
Enfin, il y eut un grondement de petites roues
Končno se je zaslišalo ropotanje majhnih koles
et il y eut le son d'un bon nombre de voix
in zaslišalo se je veliko glasov
Toutes les voix parlaient ensemble
Vsi glasovi so se pogovarjali skupaj
Elle pouvait distinguer certaines des paroles
Lahko je razbrala nekaj besed
« Où est l'autre échelle ? »
"Kje je druga lestev?"
« Bill a l'autre échelle »
"Bill ima drugo lestev"
« Bill, viens ici ! »
"Bill, pridi sem!"
« Le toit va-t-il supporter le fardeau ? »
"Ali bo streha nosila breme?"
« Qui veut descendre par la cheminée ? »
"Kdo hoče iti po dimniku?"
— Non, je ne le ferai pas ! Vous le faites !
»Ne, ne bom! Naredite to!"
« Tiens, Bill ! »
"Tukaj, Bill!"
« Le maître dit qu'il faut descendre par la cheminée ! »
"Gospodar pravi, da moraš iti po dimniku!"

Alice descendit son pied aussi loin qu'elle le put dans la cheminée

Alice je potegnila nogo tako daleč navzdol po dimniku, kolikor je lahko.

Et puis elle attendit de voir ce qui allait arriver

In potem je čakala, da vidi, kaj se bo zgodilo

Elle entendit un petit animal gratter et se débattre

Slišala je majhno žival, ki se je praskala in pretresala

Le petit animal doit être dans la cheminée

mala žival mora biti v dimniku

Puis elle donna un coup de pied sec

Nato je dala en oster brc

et elle attendit de voir ce qui allait se passer ensuite

in čakala je, da vidi, kaj se bo zgodilo naprej

Elle entendit un chœur général de voix

slišala je splošen zbor glasov

« Voilà Bill ! » dirent-ils tous

"Tam gre Bill!" so rekli vsi

Puis elle entendit la voix du lapin seule

Potem je zaslišala zajčji glas

« Toi par la haie, attrape-le ! »

"Ti ob živi meji, ujemi ga!"

Il y eut un autre moment de silence

Sledil je še en trenutek tišine

Et puis il y eut une autre confusion de voix

in potem je prišlo do še ene zmede glasov

« Lève la tête, Brandy »

"Dvigni mu glavo, Brandy"

« Attention à ne pas l'étouffer »

"pazite, da ga ne zadušite"

« Qu'est-ce qui t'est arrivé ? »

"Kaj se je zgodilo s teboj?"

Enfin, une petite voix faible et grinçante est apparue

Nazadnje se je slišal šibek, škripajoč glas

« Eh bien, je n'en sais presque pas plus »

"No, komaj vem več"

« merci à tous, je vais mieux maintenant »

"Hvala vsem, zdaj sem boljši"
« il y a une chose dont je peux me souvenir »
"Spomnim se ene stvari"
« Quelque chose vient à moi comme un train dans un
tunnel »
"Nekaj me napade kot vlak v predoru"
« Et je vole comme une fusée ! »
»in gor letim kot raketa!«
Il y eut une minute ou deux de silence
Minuto ali dve je bila tišina
puis ils ont recommencé à se déplacer
In potem so se spet začeli premikati
et Alice entendit de nouveau le Lapin parler
in Alice je spet slišala Zajca govoriti
« Une brouette fera l'affaire, pour commencer »
"Za začetek bo zadostovala gomila"
« Une brouette pleine de quoi ? » pensa Alice
»Gomila česa?« je pomislila Alice
Mais elle ne fut pas tenue en suspens longtemps
Toda ni bila dolgo zadržana v napetosti
Une pluie de petits cailloux est passée par la fenêtre
skozi okno je prišel tuš majhnih kamenčkov
et quelques petits cailloux l'ont frappée au visage
in nekaj majhnih kamenčkov jo je zadelo v obraz
Alice fut surprise par les petits cailloux
Alice je bila presenečena nad majhnimi kamenčki
Tous les petits cailloux se transformaient en gâteaux
vsi majhni kamenčki so se spreminjali v torte
et une idée lumineuse lui vint à l'esprit
in v glavi ji je prišla svetla ideja
« Je devrais manger un de ces gâteaux »
"Moral bi pojesti eno od teh peciv"
« Le gâteau ne manquera pas de faire changer ma taille »
"Torta bo zagotovo spremenila mojo velikost"
Alors elle a avalé l'un des gâteaux
Zato je pogoltnila eno od tort
et elle fut ravie de constater qu'elle commençait à rétrécir

in bila je navdušena, ko je ugotovila, da se je začela krčiti
Bientôt, elle fut assez petite pour franchir la porte
kmalu je bila dovolj majhna, da je prišla skozi vrata
Elle s'est enfuie de la maison
zbežala je iz hiše
Une foule de petits animaux et d'oiseaux attendaient dehors
Zunaj je čakala množica majhnih živali in ptic
tous les petits oiseaux et les petits animaux se précipitèrent sur Alice
vse ptičke in živali so pohiteli na Alice
Mais elle s'enfuit aussi vite qu'elle le put
vendar je pobegnila čim hitreje
et bientôt elle se trouva en sécurité dans un bois épais
in kmalu se je znašla na varnem v gostem gozdu
Alice errait dans les bois
Alice se je sprehajala po gozdu
Et elle pensa en elle-même :
in pomislila je:
« Je sais ce que je dois faire en premier »
"Vem, kaj moram najprej storiti"
« Je dois d'abord grandir à ma bonne taille »
"Najprej moram spet zrasti do svoje prave velikosti"
« et puis je dois trouver mon chemin dans ce joli jardin »
"In potem moram najti pot v ta čudovit vrt"
« Je suppose que je devrais manger ou boire quelque chose ou autre »
"Mislim, da bi moral pojesti ali popiti kaj drugega"
« Mais la question est de savoir ce que je dois manger ou boire ? »
"ampak vprašanje je, kaj naj jem ali pijem?"
Alice regarda tout autour d'elle les fleurs
Alice je pogledala okoli sebe na rože
et elle regarda à travers les brins d'herbe
in pogledala je skozi trave
mais elle ne voyait rien à manger ni à boire
vendar ni videla ničesar za jesti ali piti
Rien ne semblait être la bonne chose à manger ou à boire

Nič ni izgledalo kot prava stvar za jesti ali piti
Il y avait un gros champignon qui poussait près d'elle
V bližini je rasla velika goba
le champignon était à peu près de la même taille qu'Alice
goba je bila približno enake višine kot Alice
Elle s'étira sur la pointe des pieds
Raztegnila se je na prstih
Et elle jeta un coup d'œil par-dessus le bord du champignon
in pokukala je čez rob gobe
**Ses yeux rencontrèrent immédiatement les yeux d'une
grande chenille bleue**
njene oči so se takoj srečale z očmi velike modre gosenice
La chenille était assise sur le sommet du champignon
gosenica je sedela na vrhu gobe
et la chenille avait croisé tous ses bras
in gosenica je prekrižala vse roke
et il fumait tranquillement un long narguilé
in tiho je kadil dolgo nargilo
et il ne faisait pas la moindre attention à rien
in ničesar ni niti najmanj opazil
et il n'a certainement pas fait attention à Alice
in zagotovo ni bil pozoren na Alice

Les conseils d'une chenille
Nasvet gosenice

Finalement, la chenille a retiré le narguilé de sa bouche
Končno je gosenica vzela nargilo iz ust
et il s'adressa à Alice d'une voix languissante et endormie
in nagovoril je Alice z mlačnim, zaspanim glasom
« Qui es-tu ? » demanda la chenille
»Kdo si?« je vprašala gosenica

Alice a répondu, plutôt timidement : « Je sais à peine, monsieur. »
Alice je precej sramežljivo odgovorila: »Komaj vem, gospod«
« Juste pour le moment, c'est un peu... »
"Samo v tem trenutku je vse malo ..."
« Je sais qui j'étais quand je me suis levé ce matin" »
"Vem, kdo sem bil, ko sem zjutraj vstal."
« mais je pense que j'ai dû changer plusieurs fois depuis »
"ampak mislim, da sem se od takrat morala večkrat spremeniti"
« Qu'est-ce que tu veux dire par là ? » dit la chenille

"Kaj misliš s tem?" je vprašala gosenica
sévèrement, la chenille lui demanda de s'expliquer
Gosenica jo je strogo prosila, naj se razloži
— Je ne peux pas m'expliquer, j'en ai peur, monsieur, dit
Alice
"Bojim se, da se ne morem razložiti, gospod," je rekla Alice
« parce que je ne suis pas moi-même »
"ker nisem jaz"
« Vous voyez, être de tant de tailles différentes en une
journée, c'est très déroutant »
"Vidite, biti toliko različnih velikosti v enem dnevu je zelo
zmedeno"
Elle se redressa et dit très gravement :
Dvignila se je in zelo resno rekla:
« Je pense que tu devrais me dire qui tu es, en premier »
"Mislim, da bi mi moral najprej povedati, kdo si."
« Pourquoi ? » demanda la chenille
»Zakaj?« je vprašala gosenica
Alice ne voyait aucune bonne raison
Alice se ni mogla spomniti nobenega pravega razloga
et la chenille semblait être dans un état d'esprit très
désagréable
in zdelo se je, da je gosenica v zelo neprijetnem duševnem
stanju
alors elle s'en retourna
zato se je obrnila stran
« Reviens ! » la chenille l'appela
»Vrni se!« je za njo klicala gosenica
« J'ai quelque chose d'important à dire ! »
"Nekaj pomembnega moram povedati!"
Alice se retourna et revint
Alice se je obrnila in se spet vrnila
« Garde ton sang-froid », dit la chenille
"Ohranite živce," je rekla gosenica
— C'est tout ? dit Alice
»Je to vse?« je vprašala Alice
Et elle ravala sa colère de son mieux

in svojo jezo je pogoltnila, kolikor je lahko,

« Non, » dit la chenille

"Ne," je rekla gosenica

La chenille déplia ses bras

gosenica je raztegnila roke

Et il retira le narguilé de sa bouche

in spet je vzel nargilo iz ust

et il a dit : « Vous pensez donc que vous avez changé, n'est-ce pas ? »

in rekel je: "Torej misliš, da si se spremenil, kajne?"

— J'ai peur, je suis changée, monsieur, dit Alice

»Bojim se, da sem se spremenila, gospod,« je rekla Alice

« Je ne me souviens plus des choses comme je m'en souvenais »

"Ne morem se spomniti stvari, kot sem se jih spominjal"

« et je ne reste pas plus de dix minutes de la même taille ! »

"In ne ostanem enake velikosti več kot deset minut!"

« Quelle taille veux-tu faire ? » demanda la chenille

"Kakšno velikost hočeš biti?" je vprašala gosenica

— Oh, ma taille ne me dérange pas particulièrement, répondit vivement Alice

»Oh, ne zanima me preveč, kakšna sem velikost,« je naglo odgovorila Alice

« Je n'aime pas changer de taille si souvent, vous savez »

"Preprosto ne maram tako pogosto spreminjati velikosti, veste"

« J'aimerais être un peu plus grand, monsieur »

"Rad bi bil malo večji, gospod"

— Si cela ne vous dérange pas, ajouta Alice

»Če ne bi imel nič proti,« je dodala Alice

« Dix centimètres, c'est une taille si misérable »

"Deset centimetrov je tako bedna višina"

« C'est une très bonne hauteur en effet ! » dit la chenille avec colère

»Res je zelo dobra višina!« je jezno rekla gosenica

et il se redressa tout en parlant

in med govorjenjem se je dvignil pokončno

Il mesurait exactement dix centimètres de haut
visok je bil natanko deset centimetrov
Au bout d'une minute ou deux, la chenille s'est détachée du champignon
V minuti ali dveh se je gosenica spustila z gobe
et il s'enfonça en rampant dans l'herbe
in odplazil se je v travo
En s'éloignant, il fit quelques petites remarques
Ko je odhajal, je izrekel nekaj kratkih pripomb
« Un côté vous fera grandir »
"Ena stran vas bo povečala"
« Et l'autre côté te fera rapetisser »
"in druga stran te bo skrajšala"
« Un côté de quoi ? » pensa Alice en elle-même
»Ena stran česa?« je pomislila Alice
« L'autre côté de quoi ? »
"Druga stran česa?"
« Le côté du champignon », dit la chenille
»stran gobe,« je rekla gosenica
C'était comme si elle avait posé sa question à haute voix
Bilo je, kot da bi svoje vprašanje postavila na glas
et un instant plus tard, il fut hors de vue
in v drugem trenutku je bil izginil iz vidnega polja
Alice resta pensivement à regarder le champignon
Alice je ostala zamišljeno gledala gobo
Elle essayait de distinguer quels étaient les deux côtés du champignon
Poskušala je razbrati, kateri sta dve strani gobe
Enfin, elle étendit ses bras autour du champignon
Končno je raztegnila roke okoli gobe
Et elle cassa un peu les bords
in zlomila je nekaj robov
« Et maintenant, de quel côté est-ce ? » se dit-elle
"In zdaj, katera stran je katera?" si je rekla
et elle grignota un peu du mors de la main droite
in malo je grizla del desne roke
L'instant d'après, elle sentit un violent coup sous son

menton

Naslednji trenutek je začutila silovit udarec pod brado

Son menton avait heurté son pied !

brada jo je udarila v nogo!

Elle fut bien effrayée par ce changement très soudain

Bila je precej prestrašena zaradi te zelo nenadne spremembe

Elle rétrécissait très rapidement

zelo hitro se je krčila

Alors elle a rapidement mangé un peu de l'autre morceau de champignon

Zato je hitro pojedla nekaj drugega koščka gob

Son menton était très serré contre son pied

Brada ji je bila zelo tesno pritisnjena na nogo

Il y avait à peine de la place pour ouvrir la bouche

komaj je bilo prostora, da bi odprla usta

mais elle parvint enfin à ouvrir la bouche

vendar ji je končno uspelo odpreti usta

et elle avala un morceau du mors de la main gauche

in pogoltnila je košček leve roke

« Ma tête a enfin été libérée ! » dit Alice

"Moja glava je končno osvobojena!" je rekla Alice

Elle baissa les yeux sur elle-même

pogledala je navzdol nase

mais tout ce qu'elle pouvait voir, c'était une immense longueur de cou

toda vse, kar je lahko videla, je bil ogromen vrat

Son cou semblait se dresser comme une tige

Zdelo se je, da se ji je vrat dvignil kot pecelj

et elle baissa les yeux sur une mer de feuilles vertes

in pogledala je navzdol čez morje zelenih listov

« Où sont passées mes épaules ? »

"Kam so prišla moja ramena?"

« Et oh, mes pauvres mains, comment se fait-il que je ne puisse pas vous voir ? »

"In oh, moje uboge roke, kako to, da te ne vidim?"

Mais son cou avait un avantage

Toda njen vrat je imel eno korist

Elle pouvait bouger la tête dans n'importe quelle direction
lahko je premaknila glavo v katerokoli smer
En fait, elle était comme un serpent
pravzaprav je bila kot kača
Elle zigzague gracieusement, la tête baissée
elegantno je cik-cak glavo spustila navzdol
et elle remua la tête à travers les arbres
in premikala je glavo med drevesi
Mais elle entendit alors un sifflement aigu
potem pa je zaslišala ostro sikanje
Et elle tira rapidement la tête en arrière
in hitro je potegnila glavo nazaj
Un gros pigeon lui avait volé au visage
velik golob ji je priletel v obraz
et le pigeon était violemment avec ses ailes
in golob je bil silovito s krili

« Serpent ! » cria le pigeon

»Kača!« je vzkliknil golob

« Je ne suis pas un serpent ! » dit Alice avec indignation

»Jaz nisem kača!« je ogorčeno rekla Alice

« Laisse-moi tranquille ! »

"Pusti me pri miru!"

« J'ai essayé les racines des arbres »

"Poskusil sem korenine dreves"

— Et j'ai essayé des haies, continua le pigeon

"In poskusil sem žive meje," je nadaljeval golob

« Mais ces serpents ! Il n'y a pas moyen de leur plaire !

»Ampak tiste kače! Nič jim ni mogoče ugajati!"

Alice était de plus en plus perplexe

Alice je bila vse bolj zmedena

« Comme si ce n'était pas assez compliqué de faire éclore les œufs », a déclaré le pigeon

"Kot da ni bilo dovolj težav z izvalitvijo jajc," je rekel golob

« Nuit et jour, je dois aussi faire attention aux serpents ! »

»Ponoči in podnevi moram paziti tudi na kače!«

« Je venais de trouver l'arbre le plus haut de la forêt »

"Pravkar sem našel najvišje drevo v gozdu"

« Je serais sûrement libre des serpents ici ? »

"Zagotovo bi bil tukaj brez kač?"

« Et un serpent sort du ciel ! »

"In ven prihaja kača z neba!"

« Mais je ne suis pas un serpent, je vous le dis ! » dit Alice

»Ampak jaz nisem kača, povem ti!« je rekla Alice

"Je suis un... Je suis un... Je suis une petite fille, ajouta-t-elle d'un air un peu dubitatif

"Jaz sem ... Jaz sem ... Sem majhna deklica," je dodala precej dvomljivo

Après tout, elle avait traversé beaucoup de changements

navsezadnje je šla skozi veliko sprememb

« Tu cherches des œufs », dit le pigeon

"Iščeš jajca," je rekel golob

« Je le sais pertinemment »

"To vem zagotovo"

« Et qu'importe que vous soyez une petite fille ou un serpent ? »
"In kaj je pomembno, če si majhna deklica ali kača?"
— Cela m'importe beaucoup, dit Alice à la hâte
»To mi je zelo pomembno,« je naglo rekla Alice
« mais je ne cherche pas d'œufs, en l'occurrence »
"ampak ne iščem jajc, kot se zgodi"
« et je ne voudrais pas de tes œufs de toute façon »
"In tako ali tako ne bi želel tvojih jajc"
« Je n'aime pas mes œufs crus »
"Ne maram svojih jajc surovih"
« Eh bien, allez-vous-en ! » dit le pigeon d'un ton boudeur
»No, pojdi potem!« je rekel golob v mrzovoljnem tonu
et le pigeon se posa de nouveau dans son nid
in golob se je spet ustalil v svoje gnezdo
Alice s'accroupit parmi les arbres du mieux qu'elle put
Alice se je skrčila med drevesi, kolikor je lahko.
Son cou ne cessait de s'emmêler parmi les branches
vrat se ji je nenehno zapletal med veje
De temps en temps, elle devait s'arrêter et se tordre le cou
Vsake toliko časa se je morala ustaviti in odviti vrat
Au bout d'un moment, elle se souvint du champignon
Čez nekaj časa se je spomnila gobe
Elle tenait toujours les morceaux de champignon dans ses mains
še vedno je držala koščke gob v rokah
et elle se mit à l'œuvre avec beaucoup de soin
in zelo previdno se je lotila dela
D'abord, elle a grignoté un morceau
Najprej je grizla en kos
puis elle grignota l'autre morceau
nato pa je grizla drugi kos
Parfois, elle grandissait
včasih je zrasla višja
et parfois elle devenait plus petite
in včasih je postajala nižja
Mais finalement, elle a atteint sa taille habituelle

Toda končno je dosegla svojo običajno višino
Elle n'avait pas été de sa taille depuis un certain temps
že nekaj časa ni bila svoje višine
Tout m'a semblé étrange pendant un moment
Nekaj časa se je vse zdelo čudno
« La prochaine chose à faire est d'entrer dans ce beau jardin »
"Naslednja stvar, ki jo morate storiti, je, da pridete v ta čudovit vrt"
« Comment cela se fera-t-il, je me demande ? »
"Sprašujem se, kako naj se to naredi?"
En disant cela, elle tomba sur un endroit ouvert
Ko je to rekla, je naletela na odprt prostor
Il y avait une petite maison, un peu plus haute qu'un mètre
Tam je bila majhna hiša, nekoliko višja od metra
« Je me demande qui habite cette petite maison »
"Sprašujem se, kdo živi v tej majhni hiši"
« Je ne peux certainement pas y aller aussi grand que je le suis »
"Vsekakor ne morem iti tako velik, kot sem"
« Je les effrayerais terriblement ! »
"Strašno bi jih prestrašil!"
alors elle grignota à nouveau le petit champignon
zato je spet grizla majhno gobo
et bientôt elle s'abaissa de trente centimètres
in kmalu se je spustila za trideset centimetrov

Pendant une minute ou deux, elle resta à regarder la maison
Minuto ali dve je stala in gledala hišo
Soudain, un valet de pied sortit en courant des bois
Nenadoma je iz gozda pritekel lokaj
Il portait un uniforme de livrée spécial
Nosil je posebno uniformo
à en juger par son seul visage, elle l'aurait traité de poisson
Sodeč samo po njegovem obrazu, bi ga imenovala riba
et il frappa bruyamment à la porte avec ses jointures
in glasno je potrkal na vrata s členki
La porte fut ouverte par un autre valet de pied
vrata je odprl drug lokaj
Ce valet de pied portait également une livrée spéciale
Tudi ta lokaj je nosil posebno barvo
Ce valet de pied avait un visage rond et de grands yeux comme une grenouille
Ta lokaj je imel okrogel obraz in velike oči kot žaba

C'est le valet de pied qui ressemblait à un poisson qui a
initié la cérémonie
Lokaj, ki je izgledal kot riba, je sprožil slovesnost
Il sortit quelque chose de sous son bras
nekaj je izvlekel izpod roke
et il tira de dessous son bras une enveloppe
in izpod roke je izvlekel ovojnico
et cette enveloppe, il la remit à l'autre valet de pied
in to ovojnico je izročil drugemu lokaju
D'un ton cérémoniel, il lui donna les ordres
s slovesnim tonom mu je povedal ukaze
« Ce message s'adresse à la duchesse »
"To sporočilo je za vojvodinjo"
« Une invitation de la reine à jouer au croquet »
"Povabilo kraljice k igranju kroketa"
Le valet de pied qui ressemblait à une grenouille répéta
l'ordre
Lokaj, ki je bil videti kot žaba, je ponovil ukaz
« De la reine »
"Od kraljice"
« Une invitation »
»Povabilo«
« pour la duchesse »
"za vojvodinjo"
« Jouer au croquet »
"Igranje kroketa"
Puis ils s'inclinèrent tous les deux
Nato sta se oba nizko priklonila
et les boucles de leurs perruques s'emmêlèrent
in kodre v lasuljah so se zapletle skupaj
Bientôt, le valet de pied qui ressemblait à un poisson a
disparu
Kmalu je lokaj, ki je izgledal kot riba, izginil
Mais le valet de pied qui ressemblait à une grenouille était
toujours là
toda lokaj, ki je izgledal kot žaba, je bil še vedno tam
Il était assis par terre près de la porte

sedel je na tleh blizu vrat
Il regardait bêtement le ciel
Neumno je strmel v nebo
Alice s'approcha timidement de la porte et frappa
Alice je sramežljivo šla do vrat in potrkala
— Il ne sert à rien de frapper, dit le valet de pied
"Nima smisla trkati," je rekel lokaj
« Et ce, pour deux raisons »
"In to iz dveh razlogov"
« D'abord, parce que je suis du même côté de la porte que toi »
"Prvič, ker sem na isti strani vrat kot ti"
« Deuxièmement, parce qu'ils font tellement de bruit à l'intérieur »
"Drugič, ker v notranjosti delajo toliko hrupa"
« Personne ne pouvait vous entendre »
"Nihče te ni mogel slišati"
Et il y avait certainement un bruit des plus extraordinaires à l'intérieur
In zagotovo se je v notranjosti dogajal najbolj nenavaden hrup
des hurlements et des éternuements constants
nenehno zavijanje in kihanje
et de temps en temps un bruit de grand fracas
in vsake toliko časa zvok velikega trčenja
comme si un plat ou une bouilloire avait été brisé en morceaux
kot da bi bila posoda ali kotliček razbita na koščke
« Comment vais-je entrer ? » demanda Alice
»Kako naj vstopim?« je vprašala Alice
— Faut-il que tu entres ? dit le valet de pied
»Ali bi sploh morali vstopiti?« je rekel lokaj
« C'est la première question, vous savez »
"To je prvo vprašanje, veste"
Alice ouvrit la porte et entra
Alice je odprla vrata in vstopila
La porte menait directement à une grande cuisine
Vrata so vodila naravnost v veliko kuhinjo

La cuisine était pleine de fumée d'un bout à l'autre
kuhinja je bila polna dima od enega konca do drugega
au milieu de la cuisine se trouvait la duchesse
sredi kuhinje je bila vojvodinja
Elle était assise sur un tabouret à trois pieds
Sedela je na stolu s tremi nogami
et elle allaitait un bébé
in dojila je otroka
Le cuisinier était penché au-dessus du feu
kuhar se je nagnil nad ogenj
Il remuait un grand chaudron
Mešal je velik kotel
et le chaudron semblait être plein de soupe
in zdelo se je, da je kotel poln juhe
« Il y a certainement trop de poivre dans cette soupe ! » Alice se dit
"V tej juhi je zagotovo preveč popra!" Rekla je Alice sama sebi
Elle l'a dit du mieux qu'elle a pu sans éternuer
To je povedala po svojih najboljših močeh, ne da bi kihala
Même la duchesse éternuait de temps en temps
Celo vojvodinja je občasno kihala
Mais les actions du bébé étaient les plus remarquables
Toda otrokova dejanja so bila najbolj omembe vredna
Le bébé éternuait et hurlait alternativement
otrok je izmenično kihal in zavijal
Il n'y avait pas un instant de pause entre les hurlements et les éternuements
Med zavijanjem in kihanjem ni bilo niti trenutka premora
Il y avait deux créatures dans la cuisine qui n'éternuaient pas
V kuhinji sta bili dve bitji, ki nista kihali
Le cuisinier était trop occupé pour éternuer
kuhar je bil preveč zaposlen, da bi kihal
et le gros chat ne semblait pas se soucier du poivre
in velika mačka ni motila popra
Au lieu de cela, le gros chat souriait d'une oreille à l'autre
namesto tega se je velika mačka smehljala od ušesa do ušesa

— Pourriez-vous me le dire, s'il vous plaît, dit Alice un peu timidement

»Prosim, ali mi lahko poveste,« je rekla Alice nekoliko sramežljivo

« Pourquoi ton chat sourit-il comme ça ? »

"Zakaj se tvoja mačka tako nasmehne?"

« C'est un Cheshire-Cat, » dit la duchesse

"To je Cheshire-mačka," je rekla vojvodinja

« Et c'est pourquoi il sourit d'une oreille à l'autre »

"In zato se smehlja od ušesa do ušesa"

« Je ne savais pas qu'un Cheshire-Cat souriait toujours »

"Nisem vedel, da se Cheshire-Cat vedno nasmehne"

« En fait, je ne savais pas que les chats pouvaient sourire », a déclaré Alice

"pravzaprav nisem vedela, da se mačke lahko nasmehnejo," je dejala Alice

— Il y a beaucoup de choses que vous ne savez pas, dit la duchesse

»veliko je tega, česar ne veš,« je rekla vojvodinja

« Il y a beaucoup de choses que vous ne savez pas et c'est un fait »

"Veliko je tega, česar ne veste, in to je dejstvo"

Juste à ce moment-là, le cuisinier retira le chaudron de soupe du feu

Ravno takrat je kuhar vzel kotel juhe z ognja

et aussitôt, elle commença à jeter tout ce qui était à sa portée

in takoj je začela metati vse, kar ji je bilo na dosegu roke

elle jeta tout ce qu'elle put sur la duchesse et le bébé

vrgla je vse, kar je lahko, na vojvodinjo in dojenčka

D'abord, elle jeta les fers à feu

Najprej je vrgla železa

Puis elle a jeté une poignée de casseroles

nato je vrgla peščico ponv

et enfin elle jeta les assiettes et les plats

in končno je vrgla krožnike in posodo

La duchesse ne fit pas attention à elle

Vojvodinja je ni opazila

Même lorsqu'elle a été frappée par une assiette, elle ne s'est pas inquiétée
Tudi ko jo je zadel krožnik, ni skrbelo
Le bébé hurlait déjà tellement
otrok je že toliko zavijal
Il était donc impossible de dire si les coups blessaient le bébé ou non
Zato je bilo nemogoče reči, ali so udarci prizadeli otroka ali ne
« Oh, je vous en prie, faites attention à ce que vous faites ! » s'écria Alice
»Oh, prosim, pazi, kaj počneš!« je vzkliknila Alice
et elle sautait de haut en bas dans une agonie de terreur
in skakala je gor in dol v agoniji groze
la duchesse offrit le bébé à Alice
vojvodinja je Alice ponudila otroka
« Ici ! Tu peux allaiter un peu le bébé, si tu veux !
»Tukaj! Lahko otroka malo dojiš, če hočeš!"
et elle lui lança l'enfant tout en parlant
in ko je govorila, je vrgla otroka vanjo
« Je dois aller me préparer à jouer au croquet avec la reine »
"Moram iti in se pripraviti na igranje kroketa s kraljico"
et elle se hâta de sortir de la chambre
in pohitela je iz sobe
Alice attrapa le bébé avec quelque difficulté
Alice je otroka ujela z nekaj težavami
parce que c'était une petite créature de forme très étrange
ker je bilo zelo nenavadno oblikovano majhno bitje
et l'enfant tendit les bras et les jambes dans toutes les directions
in otrok je iztegnil roke in noge v vse smeri
« Je ferais mieux d'emmener cet enfant avec moi », pensa Alice
"Raje vzamem tega otroka s seboj," je pomislila Alice
« Ils sont sûrs de tuer ce bébé dans un jour ou deux »
"Zagotovo bodo ubili tega otroka čez dan ali dva"
« Ne serait-ce pas un meurtre de laisser ce bébé derrière soi ? »

"Ali ne bi bil umor, če bi pustili tega otroka za seboj?"
Elle prononça les derniers mots à haute voix
Zadnje besede je izrekla na glas
Et la petite créature grogna en réponse
in majhna stvar je v odgovor zamrmljala
« Tu ferais mieux de ne pas te transformer en cochon, ma chère, » dit Alice
"Bolje je, da se ne spremeniš v prašiča, draga moja," je rekla Alice
« ou alors je n'aurai plus rien à faire avec toi »
"ali pa ne bom imel nič več s tabo"
Alice commençait à peine à penser en elle-même :
Alice je ravno začela razmišljati:
« Maintenant, que vais-je faire de cette créature, quand je la ramène à la maison ? »
»Kaj naj storim s tem bitjem, ko ga pripeljem domov?«
Mais alors la petite créature grogna un peu violemment
potem pa je majhno bitje malo silovito godrnjalo
et Alice baissa les yeux sur son visage avec une certaine inquiétude
in Alice je pogledala navzdol v njegov obraz v nekem strahu
Cette fois, il ne pouvait y avoir d'erreur à ce sujet
Tokrat pri tem ni moglo biti napake
Ce n'était ni plus ni moins qu'un cochon
ni bil nič več ne manj kot prašič
alors elle déposa la petite créature
Zato je položila malo bitje
et la petite créature s'éloigna tranquillement dans le bois
in majhno bitje je tiho odklo v gozd
Alice se sentit tout à fait soulagée de voir la créature partir
Alice je občutila olajšanje, ko je videla, kako bitje odhaja
Alice fut un peu surprise en voyant le Chat-Cheshire
Alice je bila nekoliko presenečena, ko je videla Cheshire-Cat
Il était assis sur une branche d'arbre à quelques mètres de là
sedel je na veji drevesa nekaj metrov stran
Le chat ne sourit que lorsqu'il la vit
Mačka se je samo nasmehnila, ko jo je zagledala

« Chat du Cheshire », commença Alice un peu timidement

»Cheshire-mačka,« je začela Alice precej sramežljivo

« Pourriez-vous s'il vous plaît me dire dans quelle direction
je dois aller à partir d'ici ? »

"Ali mi lahko prosim poveste, v katero smer naj grem od
tukaj?"

« Dans cette direction », dit le chat

"V to smer," je rekel maček

et il agita la patte droite

in zamahnil je z desno šapo

« C'est dans cette direction que vit un fabricant de
chapeaux »

"V tej smeri živi izdelovalec klobukov"

puis le chat agita son autre patte

In potem je mačka zamahnila z drugo šapo

« Et dans cette direction vit un lièvre de marche »

"In v tej smeri živi marčevski zajček"

« Visitez l'un ou l'autre de vos goûts ; Ils sont tous les deux
fous"

»Obiščite kateregakoli želite; oba sta nora"

— Mais je ne veux pas aller parmi des fous, remarqua Alice

»Ampak nočem iti med norce,« je pripomnila Alice

« Oh, tu ne peux pas t'en empêcher, » dit le Chat

"Oh, ne moreš si pomagati," je rekel Mačka

« Nous sommes tous fous ici »

"Tukaj smo vsi jezni"

« Tu joues au croquet avec la reine aujourd'hui ? »

"Ali danes igraš kroket s kraljico?"

— J'aimerais beaucoup, dit Alice

»Zelo bi si želela,« je rekla Alice

« mais je n'ai pas encore été invité »

"ampak še nisem bil povabljen"

« Tu me verras là-bas », dit le Chat

»Tam me boš videl,« je rekel Mačka

et d'un instant à l'autre le chat disparaissait

in od trenutka do trenutka je mačka izginila

bientôt Alice arriva en vue de la maison du lièvre de marche

kmalu je Alice zagledala hišo maršičnega zajca
C'était une très grande maison
To je bila zelo velika hiša
alors Alice ne voulait pas s'approcher de la maison
zato se Alice ni želela približati hiši
D'abord, elle a dû grignoter un peu plus du morceau de champignon du côté gauche
Najprej je morala grizljati še nekaj koščka gobe na levi strani

Un thé fou
nora čajanka

Devant la maison, il y avait un arbre
Pred hišo je bilo drevo
et sous l'arbre, il y avait une table
pod drevesom pa je bila miza
et la table était dressée avec toutes sortes de couverts
miza pa je bila postavljena z vsemi vrstami jedilnega pribora
Le lièvre de mars et le chapelier étaient à table
Marčevski zajček in izdelovalec klobukov sta bila za mizo
et ensemble ils prenaient le thé
in skupaj sta pila čaj
Un loir était assis entre eux
med njima je sedel polh
et le loir dormait profondément
in polh je trdno spal
La table était d'une taille extraordinaire
Miza je bila izjemne velikosti
mais la majeure partie de la table était inoccupée
Toda večina mize je bila nezasedena
**Ils étaient assis serrés les uns contre les autres dans un coin
de la table**
sedeli so skupaj v enem kotu mize
et pourtant ils s'excusaient quand ils voyaient Alice
pa vendar so se opravičevali, ko so videli Alice
« Pas de place ! Pas de place ! » crièrent-ils
"Ni prostora! Ni prostora!« so vzkliknili
« Il y a beaucoup de place ! » dit Alice avec indignation
»Prostora je veliko!« je ogorčeno rekla Alice
**À l'une des extrémités de la table, il y avait un grand
fauteuil**
na enem koncu mize je bil velik naslanjač
et Alice s'assit dans le fauteuil
in Alice se je usedla v naslanjač
Le chapelier ouvrit de grands yeux
Izdelovalec klobukov je zelo široko odprl oči
Il n'arrivait pas à croire ce qu'il voyait

ni mogel verjeti, kaj je videl
Mais son esprit était curieux d'autres choses
Toda njegov um je bil radoveden o drugih stvareh
« Pourquoi un corbeau est-il comme un bureau ? »
»Zakaj je krokar podoben pisalni mizi?«
Alice était prête à relever le défi
Alice je bila odprta za izziv
« Je suis content qu'ils aient commencé à poser des énigmes »
"Vesel sem, da so začeli postavljati uganke"
— Je crois que je peux le deviner, ajouta-t-elle à haute voix
"Verjamem, da lahko to uganem," je dodala na glas
Le lièvre de mars s'est curieux de connaître Alice
Maršični zajček je postal radoveden glede Alice
« Pensez-vous vraiment que vous pouvez trouver la réponse ? »
"Ali res misliš, da lahko najdeš odgovor?"
— Je crois que je peux trouver la réponse, en effet, dit Alice
"Mislim, da lahko resnično najdem odgovor," je rekla Alice
« Alors, tu devrais dire ce que tu veux dire », continua le lièvre de marche
»Potem bi moral povedati, kaj misliš,« je nadaljeval zajček
— Je dis ce que je pense, répondit vivement Alice
»Govorim, kar mislim,« je naglo odgovorila Alice
« à tout le moins, je pense ce que je dis »
"Vsaj mislim, kar rečem"
« C'est la même chose, vous savez »
"To je ista stvar, veste"
Le loir a également contribué à la conversation
K pogovoru je prispeval tudi polh
mais le loir semblait parler dans son sommeil
toda zdelo se je, da polh govori v spanju
« Je respire quand je dors »
"Diham, ko spim"
« Je dors quand je respire ! »
"Spim, ko diham!"
« Autant dire qu'ils sont les mêmes aussi »

"Lahko bi tudi rekli, da so enaki"
« C'est la même chose pour toi », dit le chapelier
»Enako je s tabo,« je rekel izdelovalec klobukov
Et il versa un peu de thé sur le nez du loir
in polil je malo čaja na nos puha
Le Loir secoua la tête avec impatience
Polh je nestrpno zmajal z glavo
et le loir parla de nouveau, sans ouvrir les yeux
in polh je spet spregovoril, ne da bi odprl oči
« Bien sûr, bien sûr que c'est la même chose »
"Seveda, seveda je enako"
« C'est juste ce que j'allais dire moi-même »
"To je samo tisto, kar sem hotel reči"

Le chapelier se tourna vers Alice et lui posa une autre
question
Izdelovalec klobukov se je obrnil k Alice in zastavil še eno
vprašanje
« As-tu déjà deviné l'énigme ? »
"Si že uganil uganko?"
« Non, j'abandonne », a concédé Alice
»Ne, obupam,« je priznala Alice
« Quelle est la réponse ? » voulait-elle savoir
"Kakšen je odgovor?" je želela vedeti
— Je n'en ai pas la moindre idée, dit le chapelier
"Nimam niti najmanjšega pojma," je rekel izdelovalec
klobukov
« Moi non plus, » dit le lièvre de marche
»Niti ne vem,« je rekel maršični zajček
Alice poussa un soupir de lassitude
Alice je utrujeno vzdihnila
**« Il y a de meilleures utilisations du temps que des énigmes
sans réponses »**
"Obstajajo boljše uporabe časa kot uganke brez odgovorov"
**« Prends encore du thé », dit le lièvre de marche à Alice, très
sérieusement**
»Popijte še malo čaja,« je maršični zajček zelo resno rekel Alici
Alice était assez offensée par l'offre
Alice je bila precej užaljena zaradi ponudbe
— Je n'ai pas encore pris de thé, répondit Alice
»Čaja še nisem pila,« je odgovorila Alice
« donc je ne peux plus prendre de thé »
"zato ne morem več piti čaja"
**— Vous voulez dire que vous ne pouvez pas prendre moins
de thé, dit le chapelier**
"Misliš, da ne moreš imeti manj čaja," je rekel izdelovalec
klobukov
« C'est très facile de prendre plus que rien »
"Zelo enostavno je vzeti več kot nič"
À ces mots, Alice se leva et s'en alla
Nato je Alice vstala in odšla

Le loir s'endormit instantanément
Polh je takoj zaspal
et ni l'un ni l'autre ne firent la moindre attention à son départ
in nobeden od drugih ni niti najmanj opazil, da je odšla
bien qu'elle ait regardé en arrière une ou deux fois
čeprav se je enkrat ali dvakrat ozrla nazaj
Ils essayaient de mettre le loir dans la théière
Poskušali so polha spraviti v čajnik
« En tout cas, je n'y retournerai plus ! » dit Alice
»V vsakem primeru nikoli več ne bom šla tja!« je rekla Alice
et elle se fraya un chemin à travers les bois
in hodila je skozi gozd
« c'était le thé le plus stupide auquel j'aie jamais assisté »
"To je bila najbolj neumna čajanka, na kateri sem kdaj bil"
Juste au moment où elle disait cela, elle remarqua quelque chose
Ko je to rekla, je nekaj opazila
L'un des arbres avait une porte qui y menait directement
Eno od dreves je imelo vrata, ki so vodila naravnost vanj
« C'est très intéressant ! » a-t-elle pensé
"To je zelo zanimivo!" je pomislila
« Je pense que je peux aussi bien passer la porte »
"Mislim, da lahko tudi grem skozi vrata"
Et elle passa par la porte
In skozi vrata je šla
Une fois de plus, elle se retrouva dans le long couloir
Spet se je znašla v dolgi dvorani
de nouveau, elle était près de la petite table de verre
spet je bila blizu steklene mize
Elle prit la petite clé d'or
Vzela je mali zlati ključ
et elle ouvrit la porte qui donnait sur le jardin
in odklenila je vrata, ki so vodila na vrt
Puis elle s'est mise au travail pour grignoter le champignon
Nato se je lotila grizljanja gobe
Elle avait gardé un morceau du champignon dans sa poche

v žepu je imela kos gobe
Et finalement, elle mesurait environ un mètre
in končno je bila visoka približno meter
Puis elle descendit le petit couloir
Nato je hodila po majhnem hodniku
Et puis elle s'est finalement retrouvée dans le magnifique jardin
in potem se je končno znašla na čudovitem vrtu
et elle était parmi les fleurs brillantes et les fontaines fraîches
in bila je med svetlimi cvetovi in hladnimi vodnjaki

Le terrain de croquet de la reine
Kraljičino igrišče za kroket
Un grand rosier se dressait près de l'entrée du jardin
Ob vhodu v vrt je stala velika vrtnica
Les roses qui poussaient sur l'arbre étaient blanches
vrtnice, ki so rasle na drevesu, so bile bele
Mais il y avait trois jardiniers qui peignaient la rose
vendar so vrtnico slikali trije vrtnarji
Ils étaient occupés à peindre les roses en rouge
Vrtnice so marili rdeče
et Alice les regardait peindre les roses en rouge
in Alice jih je opazovala, kako rdeče barvajo vrtnice
et soudain leurs yeux tombèrent par hasard sur Alice
in nenadoma so njihove oči padle na Alice
Alice parlait un peu timidement
Alice je govorila nekoliko sramežljivo
« Pourriez-vous me le dire, s'il vous plaît ? »
"Bi mi lahko povedali, prosim?"
« Pourquoi peignez-vous tous ces roses ? »
"Zakaj vsi barvate te vrtnice?"
cinq et sept ne dirent rien, mais regardèrent deux
pet in sedem nista rekla ničesar, ampak sta pogledala dva
deux d'entre eux parlèrent à voix basse
dva sta govorila tiho
— Eh bien, le fait est, voyez-vous, madame.
»Dejstvo je, vidite, gospa«
« Celui-ci aurait dû être un rosier rouge »
"To bi morala biti rdeča vrtnica"
« Et nous avons mis un rosier blanc par erreur »
»In pomotoma smo vanjo vstavili belo vrtnico«
« Comme vous en conviendrez, la reine ne doit pas le découvrir »
"Kot se strinjate, kraljica ne sme izvedeti"
« Sinon, nous aurions tous la tête tranchée »
"drugače bi nam vsem odrezali glave"
« Alors vous voyez, madame, nous faisons de notre mieux »
"Torej, vidite, gospa, delamo vse, kar je v naši moči"

La cinquième carte avait regardé anxieusement à travers le jardin
Kartica pet je nestrpno gledala čez vrt
À ce moment, la cinquième carte cria : « La dame ! La reine !
V tem trenutku je peta karta zaklicala: »Kraljica! Kraljica!«
Et les trois jardiniers s'enfuirent aussitôt
in trije vrtnarji so takoj odšli
et ils se jetèrent à plat ventre
in vrgli so se ravno na obraz
Il y eut un bruit de nombreux pas
Slišal se je zvok številnih korakov
Alice regarda autour d'elle, impatiente de voir la reine
Alice se je ozrla naokoli, nestrpna, da bi videla kraljico
Au début de la procession se trouvaient dix soldats
Na začetku procesije je bilo deset vojakov
leurs mains et leurs pieds étaient dans les coins
njihove roke in noge so bile v kotih
et dans leurs mains et leurs pieds étaient des massues
v rokah in nogah pa so imeli palice
Venaient ensuite les dix courtisans
Sledilo je deset dvorjanov
Les courtisans étaient partout ornés de diamants
dvorjani so bili povsod okrašeni z diamanti
Après les courtisans sont venus les enfants royaux
Po dvorjanih so prišli kraljevi otroci
Il y avait dix enfants royaux
Kraljevih otrok je bilo deset
et tous les enfants royaux étaient ornés de cœurs
in vsi kraljevi otroci so bili okrašeni s srci
Venaient ensuite les invités ; principalement des rois et des reines
Sledili so gostje; večinoma kralji in kraljice
et parmi les rois et la reine, Alice vit quelqu'un
in med kralji in kraljico je Alice videla nekoga
Elle revit le lapin blanc qu'elle avait chassé
Spet je zagledala belega zajca, ki ga je lovila
Le cortège était suivi par le valet de cœur

Procesiji je sledil src
Il portait la couronne du roi
nosil je kraljevo krono
et la couronne du roi était sur un coussin de velours cramoisi
kraljeva krona pa je bila na škrlatni žametni blazini
Et puis vint la fin de ce grand cortège
In potem je prišel konec te velike procesije
Et là, à la fin, il y avait le Roi et la Reine de Cœur
In tam na koncu sta bila kralj in kraljica src.
le cortège arriva en face d'Alice
procesija je prišla nasproti Alice
et ils s'arrêtèrent tous et la regardèrent
in vsi so se ustavili in jo pogledali
et la reine dit sévèrement : « Qui est-ce ? »
in kraljica je strogo rekla: "Kdo je to?"
Elle l'a dit au Valet de Cœur
To je rekla Srčnemu Knave
Mais il s'est contenté de s'incliner et de sourire en réponse
vendar se je samo priklonil in se nasmehnil v odgovor
Alice parla très poliment
Alice je govorila zelo vljudno
« Je m'appelle Alice, alors faites plaisir à Votre Majesté »
"Moje ime je Alice, zato prosim, vaše veličanstvo"
Mais elle avait d'autres pensées pour elle-même
vendar je imela druge misli zase
« Ce n'est qu'un jeu de cartes, après tout ! »
"Navsezadnje so samo paket kart!"
« Savez-vous jouer au croquet ? » cria la reine
"Znaš igrati kroket?" je zavpila kraljica
La question était évidemment destinée à Alice
Vprašanje je bilo očitno namenjeno Alice
— Oui ! dit Alice d'une voix forte
»Da!« je glasno rekla Alice
« Venez jouer alors ! » rugit la reine
"Pridite se torej igrati!" je zagrmela kraljica
une voix timide s'adressa à Alice
plašen glas je spregovoril z Alice

« C'est une très belle journée ! »
"Zelo lep dan je!"
Elle se promenait près du lapin blanc
Hodila je mimo belega zajca
et le Lapin Blanc jetait un coup d'œil anxieux sur son visage
in Beli zajček ji je zaskrbljeno pokukal v obraz
« Une très belle journée, en effet, confirma Alice
»res zelo lep dan,« je potrdila Alice
« Où est la duchesse ? »
"Kje je vojvodinja?"
« Chut ! Chut ! dit le Lapin
"Tišina! Tišina!« je rekel Zajček
« Elle est sous le coup d'une sentence d'exécution »
"Obsojena je na usmrtitev"
« Pourquoi est-elle exécutée ? » demanda Alice
"Zakaj jo usmrtijo?" je vprašala Alice
« Elle a éraflé les oreilles de la reine », commença le lapin
»Kraljičini je odrgnila ušesa,« je začel zajček
cria la reine d'une voix de tonnerre
Kraljica je zakričala z gromovitim glasom
« Retournez à vos endroits ! »
"Pojdite na svoja mesta!"
et les gens se mirent à courir dans toutes les directions
in ljudje so začeli teči naokoli v vse smeri
et ils tombèrent tous les uns contre les autres
in vsi so se zrušili drug proti drugemu
Cependant, ils se sont calmés en une minute ou deux
Vendar so se umirili v minuti ali dveh
Et puis le jeu a commencé
In potem se je začela igra
Alice n'avait jamais vu un terrain de croquet aussi curieux
Alice še nikoli ni videla tako nenavadnega igrišča za kroket
L'herbe n'était que crêtes et sillons
trava je bila vsa grebena in brazde
Les boules de croquet étaient de vrais hérissons
Žoge za kroket so bili pravi ježi
Et les maillets étaient de vrais flamants roses

in kladiva so bili pravi flamingi
et les soldats se tinrent sur leurs mains et leurs pieds
vojaki so stali na rokah in nogah
Parce que les arches ont été faites à partir de leurs corps
ker so bili loki narejeni iz njihovih teles
Les joueurs ont tous joué en même temps
Vsi igralci so igrali naenkrat
Personne n'attendait son tour
nihče ni čakal, da pridejo na vrsto
et tout le monde se querellait avec tout le monde
in vsi so se prepirali z vsemi
et tous se battaient pour les hérissons
in vsi so se borili za ježe
Bientôt, la reine fut dans une colère furieuse
Kmalu je bila kraljica v besni strasti
et elle s'est mise à piétiner et à crier
in začela je stopati naokoli in kričati
« Coupez-lui la tête ! »
"Odreži mu glavo!"
« Coupez-lui la tête ! »
"Odreži ji glavo!"
« Coupez-leur la tête ! »
"Odrežite jim vse glave!"
De nouveau, Alice pensa en elle-même
Alice je spet pomislila
« Ils sont affreusement friands de décapiter les gens ici »
"Tukaj strašno radi obglavljajo ljudi"
**« Ce qui est très étonnant, c'est qu'il reste quelqu'un en vie !
»**
"Veliko čudež je, da je kdo ostal živ!"
Elle cherchait un moyen de s'échapper
Iskala je kakšen pobeg
Elle remarqua une curieuse apparition dans l'air
opazila je nenavaden videz v zraku
« C'est le chat du Cheshire », se dit-elle
»To je Cheshire-mačka,« si je rekla
« maintenant j'aurai quelqu'un à qui parler »

"Zdaj bom imel nekoga, s katerim se bom lahko pogovarjal"
« Comment vas-tu ? » dit le chat
»Kako ti gre?« je vprašala mačka
« Je ne pense pas qu'ils jouent du tout équitablement », a déclaré Alice
"Mislim, da sploh ne igrajo pošteno," je dejala Alice
et elle avait un ton plutôt plaintif
in imela je precej pritožujoč ton
« Ils se querellent tous si affreusement »
"Vsi se tako strašno prepirajo"
« On ne s'entend pas parler »
"Človek se ne sliši govoriti"
« Et ils ne semblent pas jouer selon des règles »
"In zdi se, da ne igrajo po nobenih pravilih"
le chat a posé une question à Alice à voix basse
mačka je Alice postavila vprašanje s tihim glasom
« Comment aimez-vous la reine ? »
"Kako ti je všeč kraljica?"
— Je ne l'aime pas du tout, dit Alice
»Sploh mi ni všeč,« je rekla Alice

Alice pensa qu'elle ferait aussi bien d'y retourner
Alice je mislila, da bi se lahko vrnila
Elle voulait voir comment le match se passait
želela je videti, kako poteka igra
Elle est partie à la recherche de son hérisson
odšla je iskat svojega ježa
Le hérisson était occupé à combattre un autre hérisson
Jež je bil zaposlen z bojem z drugim ježem
C'était une excellente occasion
To je bila odlična priložnost
Elle pouvait croquer un hérisson avec l'autre
z drugim je lahko kroketirala enega ježa
Mais son flamant rose était de l'autre côté du jardin
toda njen flamingo je bil na drugi strani vrta
Le flamant rose était plutôt maladroit
Flamingo je bil precej neroden
Son flamant rose essayait de s'envoler dans un arbre
njen flamingo je poskušal leteti v drevo
Elle attrapa le flamant rose par la patte
Flaminga je ujela za nogo
Et elle glissa le flamant rose sous son bras
in flaminga je skrčila pod roko
De cette façon, le flamant rose ne pouvait plus s'échapper
Tako flamingo ni mogel več pobegniti
Juste à ce moment-là, Alice rencontra la duchesse
Ravno takrat je Alice slučajno srečala vojvodinjo
La duchesse était maintenant sortie de prison
Vojvodinja je bila zdaj iz zapora
Elle glissa affectueusement son bras sous celui d'Alice
Ljubeče je potisnila roko pod Alicino roko
puis ils sont partis ensemble
in potem sta skupaj odšla
Alice était très heureuse de la trouver d'une humeur si agréable
Alice je bila zelo vesela, da jo je našla v tako prijetni naravi
Elle était cependant un peu surprise

Vendar je bila nekoliko presenečena

Elle entendit la voix de la duchesse près de son oreille

Slišala je glas vojvodinje blizu ušesa

« Tu penses à quelque chose, ma chérie »

"Razmišljaš o nečem, draga moja"

« Et ça fait oublier de parler »

"In zaradi tega pozabite govoriti"

« Le jeu se passe un peu mieux maintenant », a déclaré Alice

"Igra se zdaj odvija precej bolje," je dejala Alice

C'était une façon de poursuivre la conversation

to je bil eden od načinov za nadaljevanje pogovora

— C'est vrai, dit la duchesse

»Res je,« je rekla vojvodinja

« Et la morale de cela est la suivante : »

"In nauk tega je naslednji:"

« C'est l'amour qui fait tout ! »

"Ljubezen je tista, ki naredi vse!"

« L'amour est ce qui fait tourner le monde »

"Ljubezen je tisto, kar poganja svet"

Alice avait une autre explication

Alice je imela drugo razlago

« C'est fait par tout le monde qui s'occupe de ses propres affaires ! »

"To počne vsakdo, ki gleda svoje posle!"

— Ah ! Vous pourriez avoir raison"

»Ah, no! Lahko imaš prav"

— Tout cela signifie à peu près la même chose, dit la duchesse

»Vse to pomeni skoraj isto,« je rekla vojvodinja

et elle enfonça son petit menton pointu dans l'épaule d'Alice

in zakopala je svojo ostro brado v Alicino ramo

« Et la morale de cela est la suivante »

"In nauk tega je to"

« Prendre soin du sens »

"Poskrbite za smisel"

« Et puis les sons prendront soin d'eux-mêmes »

"In potem bodo zvoki poskrbeli sami zase"

Mais alors le bras de la duchesse se mit à trembler
potem pa se je vojvodinjina roka začela tresti
Alice leva les yeux et la reine se tenait là
Alice je pogledala navzgor in tam je stala kraljica
La reine avait les bras croisés
Kraljica je imela prekrižane roke
Et elle fronçait les sourcils comme un orage !
In namrščila se je kot nevihta!
« Je vous préviens », cria la reine
"Pošteno vas opozarjam," je zavpila kraljica
et elle piétina le sol tout en parlant
in ko je govorila, je stopila po tleh
« Soit ta tête, soit sa tête doit être coupée »
"Ali mora biti tvoja glava ali njena glava odstranjena"
« Faites votre choix ! »
"Izberite!"
« Et soyez rapide à ce sujet »
"In bodite hitri pri tem"
La duchesse fait son choix
Vojvodinja se je odločila
et au bout d'un instant la duchesse avait disparu
in v trenutku vojvodinje ni več
Puis la reine s'adressa à Alice
Nato je kraljica spregovorila z Alico
« Continuons le jeu »
"Nadaljujmo z igro"
Alice était trop effrayée pour dire un mot
Alice je bila preveč prestrašena, da bi rekla besedo
et elle la suivit lentement jusqu'au terrain de croquet
in počasi ji je sledila nazaj do igrišča za kroket
Pendant tout ce temps, la reine s'est querellée avec les autres joueurs
Ves čas se je kraljica prepirala z drugimi igralci
« Coupez-lui la tête ! »
"Odreži mu glavo!"
« Coupez-lui la tête ! »
"Odreži ji glavo!"

« Coupez-leur la tête ! »
"Odrežite jim vse glave!"
Bientôt, tous les joueurs ont été en garde à vue
Kmalu so bili vsi igralci v priporu
il ne restait que le roi, la reine et Alice
ostali so samo kralj, kraljica in Alice
Puis la reine s'en alla, tout à fait essoufflée
Nato je kraljica odšla, povsem zadihana
et elle s'en alla avec Alice
in odšla je z Alice
Alice entendit le roi dire quelque chose
Alice je slišala, kako je kralj tiho rekel nekaj
« Vous êtes tous pardonnés »
"Vsi ste oproščeni"
Mais soudain, un autre cri se fit entendre
toda nenadoma se je zaslišal še en krik
« Le procès commence ! »
"Sojenje se začenja!"
et Alice courut avec les autres
in Alice je tekla skupaj z ostalimi

Qui a volé les tartes ?

Kdo je ukradel torte?

Le roi et la reine de cœur étaient assis

Kralj in kraljica src sta sedela

ils étaient sur leur trône quand Alice arriva

bili so na prestolu, ko je prišla Alice

Il y avait une grande foule rassemblée autour d'eux

okoli njih se je zbrala velika množica

Il y avait toutes sortes de petits oiseaux et de bêtes

Tam so bile vse vrste majhnih ptic in zveri

Et il y avait tout le paquet de cartes

In tam je bil celoten paket kart

Le coquin se tenait devant eux, enchaîné

Ždreb je stal pred njimi, v verigah

et il y avait un soldat de chaque côté pour le garder

in na vsaki strani je bil vojak, ki ga je varoval

près du roi était le lapin blanc

blizu kralja je bil beli zajec

Il avait une trompette dans une main

v eni roki je imel trobento

et il avait un rouleau de parchemin dans l'autre main

v drugi roki pa je imel zvitek pergamenta

Au milieu de la cour se trouvait une table

Na sredini dvorišča je bila miza

Sur la table, il y avait un grand plat de tartes

Na mizi je bila velika posoda s tortami

« J'aimerais qu'ils fassent le procès », pensa Alice

"Želim si, da bi opravili sojenje," je pomislila Alice

« Alors nous pourrions manger quelques-uns de ces rafraîchissements ! »

"Potem bi lahko pojedli nekaj teh osvežilnih pijač!"

Le juge, soit dit en passant, était le roi
Mimogrede, sodnik je bil kralj
et il portait sa couronne sur sa grande perruque
in nosil je svojo krono čez svojo veliko lasuljo
« C'est le banc des jurés, pensa Alice
»To je porotniška loža,« je pomislila Alice
« Et ces douze créatures, je suppose qu'elles sont les jurés »
"In tistih dvanajst bitij, mislim, da so porotniki"
certains étaient des animaux, et d'autres étaient des oiseaux
nekatere so bile živali, nekatere pa ptice
Juste à ce moment-là, le lapin blanc a crié
Ravno takrat je zakričal beli zajec
« Silence dans la cour ! »
"Tišina na sodišču!"
« Héraut, lisez l'accusation ! » dit le roi
»Herald, preberi obtožbo!« je rekel kralj
Le lapin blanc souffla trois coups de trompette
Beli zajec je trikrat zapihnil na trobento
Puis il déroula le parchemin
Nato je odvil pergamentni zvitek
Et il a lu ce qui suit :
in prebral je naslednje:

« La reine de cœur, elle a fait des tartes, »
"Kraljica src, naredila je nekaj torte,"
« Tout cela, elle l'a fait un jour d'été »
"Vse to je naredila na poletni dan"
« Le valet de cœur, il a volé ces tartes »
"Src je ukradel tiste torte"
« Et il a emporté ces tartes loin ! »
"In tiste torte je vzel daleč!"
« Appelez le premier témoin », dit le roi
»Pokličite prvo pričo,« je rekel kralj
et le lapin blanc souffla trois coups de trompette
in beli zajček je trikrat zapihnil na trobento
« Amenez le premier témoin ! » cria-t-il
»Pripeljite prvo pričo!« je zaklical
Le premier témoin était le chapelier
Prva priča je bil izdelovalec klobukov
Il entra avec une tasse de thé dans une main
prišel je s skodelico čaja v eni roki
et il avait un morceau de pain et de beurre dans l'autre main
v drugi roki pa je imel kos kruha in masla
« Tu aurais dû finir », dit le roi
»Moral bi končati,« je rekel kralj
« Quand avez-vous commencé ? »
"Kdaj ste začeli?"
Le chapelier regarda le lièvre de marche
Izdelovalec klobukov je pogledal maršičnega zajca
Le lièvre de marche l'avait suivi dans la cour
Marčevski zajček mu je sledil na dvorišče
Il avait marché bras dessus bras dessous avec le loir
hodil je z roko v roki s polhom
« Le quatorzième mars, je crois, dit-il
"Mislim, da je bilo štirinajstega marca," je dejal
« Rendez votre témoignage », dit le roi
»Podajte svoje dokaze,« je rekel kralj
« Et ne sois pas nerveux, ou je te ferai exécuter sur-le-
champ »
"in ne bodi nervozen, ali te bom usmrtil na kraju samem"

Cela n'a pas semblé encourager du tout le témoin
Zdi se, da to priče sploh ni spodbudilo
Il n'arrêtait pas de se déplacer d'un pied sur l'autre
Nenehno se je premikal z ene noge na drugo
et il regarda la reine avec inquiétude
in nelagodno je pogledal kraljico
et, dans sa confusion, il mordit un gros morceau de sa tasse de thé
in v svoji zmedenosti je ugriznil velik kos iz skodelice čaja
En réalité, il voulait croquer dans son pain et son beurre
v resnici je nameraval ugrizniti svoj kruh in maslo
Juste à ce moment, Alice éprouva une sensation très curieuse
Ravno v tem trenutku je Alice začutila zelo nenavaden občutek
Elle commençait à grossir à nouveau
spet je začela rasti
Le misérable chapelier laissa tomber sa tasse de thé
Nesrečni izdelovalec klobukov je spustil skodelico čaja
et le pain et le beurre tombèrent à terre
in kruh in maslo sta padla na tla
et il mit un genou à terre
in pokleknil je na eno koleno
« Je suis un pauvre homme, Votre Majesté », a-t-il commencé
»Ubog sem človek, vaše veličanstvo,« je začel
« Vous êtes un bien mauvais orateur, » dit le roi
"Zelo slab govornik si," je rekel kralj
« Tu peux y aller, » dit le roi
»Lahko greš,« je rekel kralj
et le chapelier quitta précipitamment la cour
in izdelovalec klobukov je naglo zapustil dvorišče
« Appelez le témoin suivant ! » dit le roi
»Pokličite naslednjo pričo!« je rekel kralj
Le témoin suivant fut le cuisinier de la duchesse
Naslednja priča je bila vojvodinjina kuharica
Elle portait la poivrière à la main
V roki je nosila škatlo s poprom
et les gens près de la porte se mirent à éternuer tout à coup

in ljudje blizu vrat so začeli kihati naenkrat
« Rendez votre témoignage », dit le roi
»Podajte svoje dokaze,« je rekel kralj
— Je ne donnerai aucun témoignage, dit le cuisinier
»Ne bom pričal,« je rekel kuhar
Le roi regarda anxieusement le lapin blanc
Kralj je zaskrbljeno pogledal belega zajca
Et le lapin blanc parlait d'une voix douce
in beli zajček je govoril s tihim glasom
« Votre Majesté doit contre-interroger ce témoin »
"Vaše veličanstvo mora navzkrižno zaslišati to pričo"
« Eh bien, s'il le faut, il le faut, » dit le roi
"No, če moram, moram," je rekel kralj
« De quoi sont faites les tartes ? »
"Iz česa so narejene torte?"
**« Les tartes sont faites de poivre, principalement », a déclaré
le cuisinier**
"Torte so večinoma narejene iz popra," je dejal kuhar
**Pendant quelques minutes, toute la cour fut dans la
confusion**
Nekaj minut je bilo celotno sodišče zmedeno
Finalement, ils se sont tous calmés
sčasoma so se vsi spet umirili
Mais à ce moment-là, le cuisinier avait disparu
toda do takrat je kuhar izginil
« N'importe ! » dit le roi
»Ni pomembno!« je rekel kralj
« Appel à la barre du prochain témoin »
»Pokličite naslednjo pričo«
Alice regarda le lapin blanc qui tâtonnait sur la liste
Alice je opazovala belega zajca, ko je brskal po seznamu
**Vous pouvez imaginer sa surprise à ce qu'elle a entendu
ensuite**
Lahko si predstavljate njeno presenečenje nad tem, kar je
slišala naslednje
à tue-tête de sa petite voix aiguë, il appela le nom « Alice ! »
na vrh svojega prodornega glasu je klical ime "Alice!"

Le témoignage d'Alice
Alicini dokazi

« Ici ! » s'écria Alice
»Tukaj!« je vzkliknila Alice
Elle se leva d'un bond en toute hâte
Skočila je v veliki naglici
et elle renversa le banc des jurés
in prevrnila je porotniško ložo
et elle renversa tous les jurés
in prevrnila je vse porotnike
et ils tombèrent sur la tête de la foule en bas
in padli so na glave množice spodaj
Alice était dans un grand désarroi
Alice je bila zelo osupla
« Oh ! je vous demande pardon ! » s'écria-t-elle
»Oh, oprostite!« je vzkliknila
« Le procès ne peut pas avoir lieu », dit le roi
»Sojenje se ne more nadaljevati,« je rekel kralj
« Les jurés doivent retourner à leur place »
"Porotniki se morajo vrniti na svoja mesta"
Il répéta l'ordre avec beaucoup d'emphase
Ukaz je ponovil z velikim poudarkom
et il regarda Alice d'un air sévère
in strogo je pogledal Alice
**« Que savez-vous de ces événements ? » demanda le roi à
Alice**
»Kaj veš o teh dogodkih?« je kralj vprašal Alico
— Je ne sais rien à ce sujet, dit Alice
»O tej temi ne vem ničesar,« je rekla Alice
Le roi lut ensuite un extrait de son livre
Kralj je nato prebral iz svoje knjige
« Règle quarante-deux »
"Pravilo štirideset dva"
**« Toutes les personnes de plus d'un kilomètre de haut
doivent quitter le tribunal »**
"Vse osebe, ki so višje od milje, morajo zapustiti sodišče"
« Je ne suis pas à un mille de haut, » dit Alice

"Nisem visoka niti kilometer," je rekla Alice
« Près de deux milles de haut », dit la reine
»Skoraj dve milji visoko.« je rekla kraljica

— **Eh bien, je refuse d'y aller, dit Alice**
»No, nočem iti,« je rekla Alice
Le roi pâlit
Kralj je zbledel
et il ferma précipitamment son carnet
in na hitro je zaprl beležnico
« Considérez votre verdict », a-t-il dit au jury
"Razmislite o svoji razsodbi," je rekel poroti
Il parlait d'une voix basse et tremblante
Govoril je s tihim, drhtečim glasom
Puis le lapin blanc prit la parole
Potem je spregovoril beli zajček
« Il y a encore plus de preuves à venir »
"Še vedno prihaja več dokazov"
et il se leva d'un bond en toute hâte
in v veliki naglici je skočil
« Ce papier vient d'être retiré »

"Ta papir je bil pravkar sprejet"
« On dirait que c'est une lettre écrite par le prisonnier »
"Zdi se, da je to pismo, ki ga je napisal zapornik"
Il déplia le papier tout en parlant
Medtem ko je govoril, je razgrnil papir
« Ce n'est pas une lettre, après tout »
"Navsezadnje to ni pismo"
« Ce que c'était, c'était un ensemble de versets »
»Kar je bilo, je bil niz verzov«
« S'il vous plaît, Votre Majesté », dit le coquin
»Prosim, vaše veličanstvo,« je rekel knev
« Je n'ai pas écrit ces vers »
"Nisem napisal teh verzov"
« et ils ne peuvent pas prouver que j'ai écrit quoi que ce soit »
"in ne morejo dokazati, da sem kaj napisal"
« Il n'y a pas de nom signé à la fin »
"Na koncu ni podpisanega imena"
Le roi parla au fripon
Kralj je govoril s kneževom
« Vous avez dû vouloir causer des méfaits »
"Verjetno ste želeli narediti kakšno hudodelstvo"
« Sinon, tu aurais signé ton nom comme un honnête homme »
"drugače bi se podpisal kot pošten človek"
Il y eut un claquement général de mains
Slišalo se je splošno ploskanje z rokami
Et le roi se tourna vers le lapin blanc
in kralj se je obrnil k belemu zajcu
« Lisez les vers », ordonna-t-il
»Preberite verze,« je ukazal
Il y eut un silence de mort dans la cour
Na dvorišču je bila mrtva tišina
et le lapin blanc lut les versets
in beli zajec je prebral verzi
Ils m'ont dit que vous étiez allé chez elle
Povedali so mi, da si bil pri njej

Et ils lui parlèrent de moi
In omenili so me mu
Elle m'a donné un bon caractère
Dala mi je dober značaj
Mais elle a dit que je ne savais pas nager
Toda rekla je, da ne znam plavati
Il leur a fait savoir que je n'étais pas parti
Poslal jim je sporočilo, da nisem šel
Nous savons que c'est vrai
Vemo, da je res
Si elle poussait l'affaire, que deviendriez-vous ?
Če bi vztrajala naprej, kaj bi se zgodilo z vami?
Je lui en ai donné un, ils lui en ont donné deux
Jaz sem ji dal eno, oni so mu dali dva
Vous nous en avez donné trois ou plus
Dali ste nam tri ali več
Ils sont tous revenus de sa part vers vous
Vsi so se vrnili od njega k tebi
bien qu'ils aient été les miens avant
čeprav so bili prej moji
Si j'avais la chance d'être
Če bi jaz ali ona imela priložnost, da bi bila
Si j'étais impliqué dans cette affaire
Če bi bil jaz ali ona vpleten v to afero
Il compte en vous pour les libérer
Zaupa vam, da jih boste osvobodili
Exactement comme nous étions
Natanko takšni, kot smo bili
Mon idée, c'est que vous aviez été
Moja predstava je bila, da ste bili
Avant qu'elle n'ait cette crise
Preden je imela ta napad
Un obstacle qui s'est dressé entre
Ovira, ki je prišla med
Lui, et nous-mêmes, et cela
On in mi in to
Ne lui faites pas savoir qu'elle les aimait mieux

Ne dajte mu vedeti, da so ji najbolj všeč

Car cela doit être à jamais un secret, caché à tous les autres

Kajti to mora biti za vedno skrivnost, skrita pred vsemi ostalimi

Ce secret doit rester un secret entre vous et moi

Ta skrivnost mora ostati skrivnost med vami in mano

Le roi était très impressionné

Kralj je bil zelo navdušen

« C'est la preuve la plus importante que nous ayons entendue jusqu'à présent »

"To je najpomembnejši dokaz, ki smo ga slišali doslej"

— Je ne crois pas que ces vers aient un atome de sens, objecta Alice

"Ne verjamem, da ti verzi nosijo atom pomena," je ugovarjala Alice

le roi avait sa propre opinion sur la question

kralj je imel svoje mnenje o zadevi

« S'il n'y a pas de sens dans ces mots, cela sauve un monde de problèmes »

"Če v teh besedah ni pomena, to reši svet težav"

« Alors nous n'avons pas besoin d'essayer de trouver le sens »

"Potem nam ni treba poskušati najti pomena"

« Laissons le jury délibérer sur son verdict »

"Naj porota razmisli o svoji razsodbi"

« Non, non ! » dit la reine

»Ne, ne!« je rekla kraljica

« La condamnation d'abord, le verdict ensuite »

"Najprej obsodba, nato sodba"

« Des bêtises et des bêtises ! » dit Alice à haute voix

"Stvari in neumnosti!" je glasno rekla Alice

« Comme il est stupide de condamner l'accusé en premier ! »

"Kako neumno je najprej obsoditi obtoženca!"

« Tais-toi ! » dit la reine en devenant violette
»Drži jezik za zubi!« je rekla kraljica in postala vijolična
« Je ne me tairai pas ! » dit Alice
»Ne bom zadrževala jezika!« je rekla Alice
cria la reine à tue-tête
Kraljica je zakričala na ves glas
« Coupez-lui la tête ! »
"Odreži ji glavo!"
Personne n'a fait un mouvement
Nihče ni naredil gibanja
« Qui se soucie de ce que vous dites ? » dit Alice
»Koga briga, kaj praviš?« je vprašala Alice
Elle avait atteint sa taille maximale à ce moment-là
do takrat je zrasla do svoje polne velikosti
« Tu n'es rien d'autre qu'un jeu de cartes ! »
"Nisi nič drugega kot paket kart!"
À ces mots, toutes les cartes se levèrent dans les airs
Ob tem so se vse karte dvignile v zrak
et toutes les cartes s'abattaient sur elle

in vse karte so letele nanjo
Elle poussa un petit cri
Malo je zakričala
Elle était à moitié effrayée, mais aussi en colère
bila je napol prestrašena, a tudi jezna
Et elle a essayé de se battre contre les cartes
in poskušala se je boriti proti kartam
puis elle se retrouva allongée sur le talus d'herbe
in potem se je znašla ležati na travnatem bregu
Sa tête était sur les genoux de sa sœur
njena glava je bila v naročju njene sestre
Des feuilles mortes s'étaient posées sur son visage
nekaj mrtvih listov je pristalo na njenem obrazu
et sa sœur balayait doucement les feuilles
in njena sestra je nežno odstranila listje
« Réveille-toi, ma chère Alice ! » dit sa sœur
»Zbudi se, draga Alice!« je rekla sestra
« Quel long sommeil tu as eu ! »
"Kako dolgo si spal!"
« Oh, j'ai fait un rêve si curieux ! » dit Alice
»Oh, imela sem tako nenavadne sanje!« je rekla Alice
Et elle raconta à sa sœur tout ce qu'elle pouvait se rappeler
In sestri je povedala vse, česar se je spomnila
toutes les étranges aventures que vous venez de lire
Vse čudne dogodivščine, o katerih ste pravkar brali
Alice se leva et s'enfuit en courant
Alice je vstala in pobegnila
et elle pensait, tout en courant, à son rêve
in medtem ko je tekla, je razmišljala o svojih sanjah
« Quel rêve merveilleux cela avait été ! »
»Kako čudovite sanje so bile!«